文春文庫

# ダイオウイカは知らないでしょう

西　加奈子　せきしろ



文藝春秋

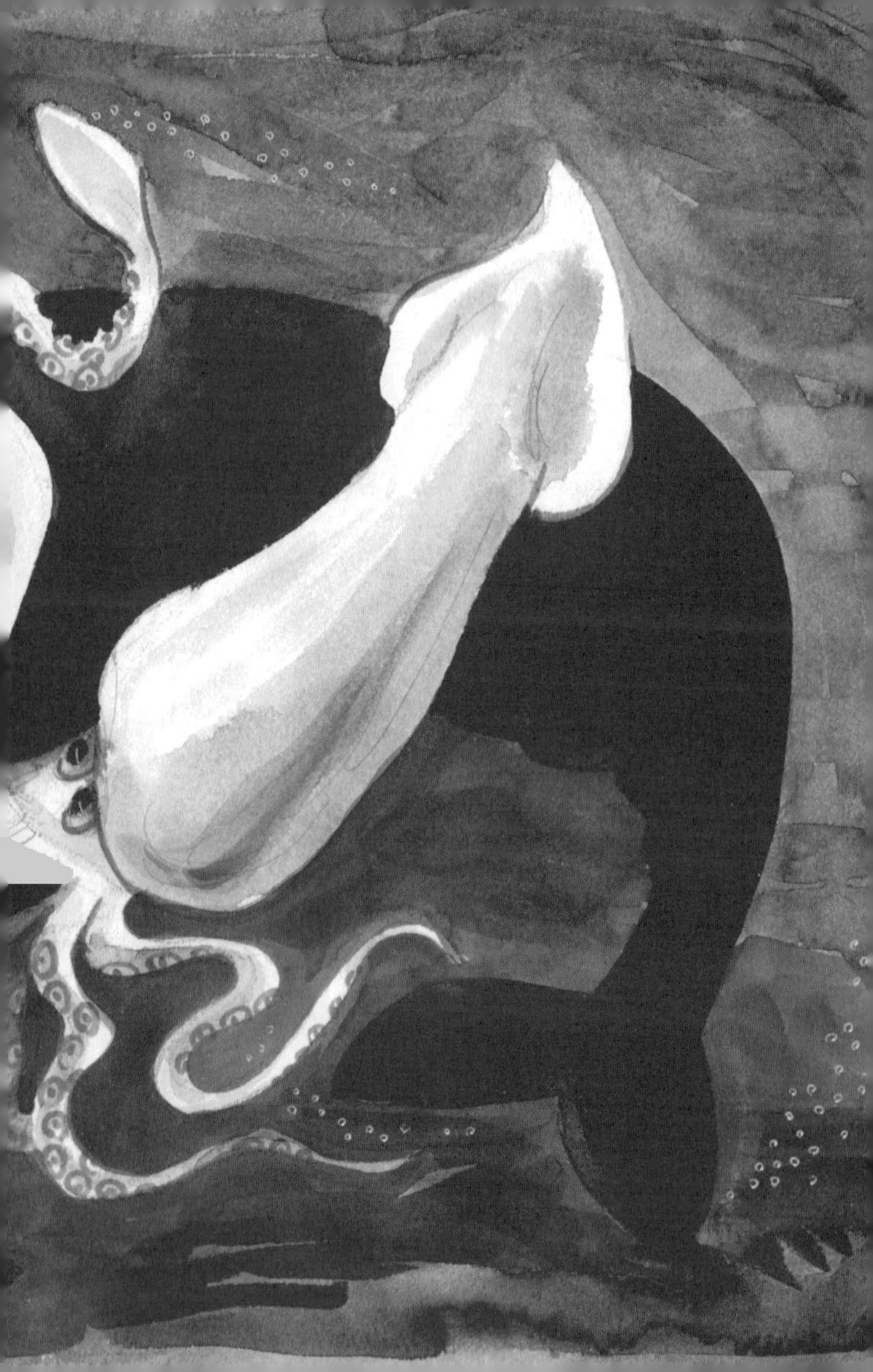

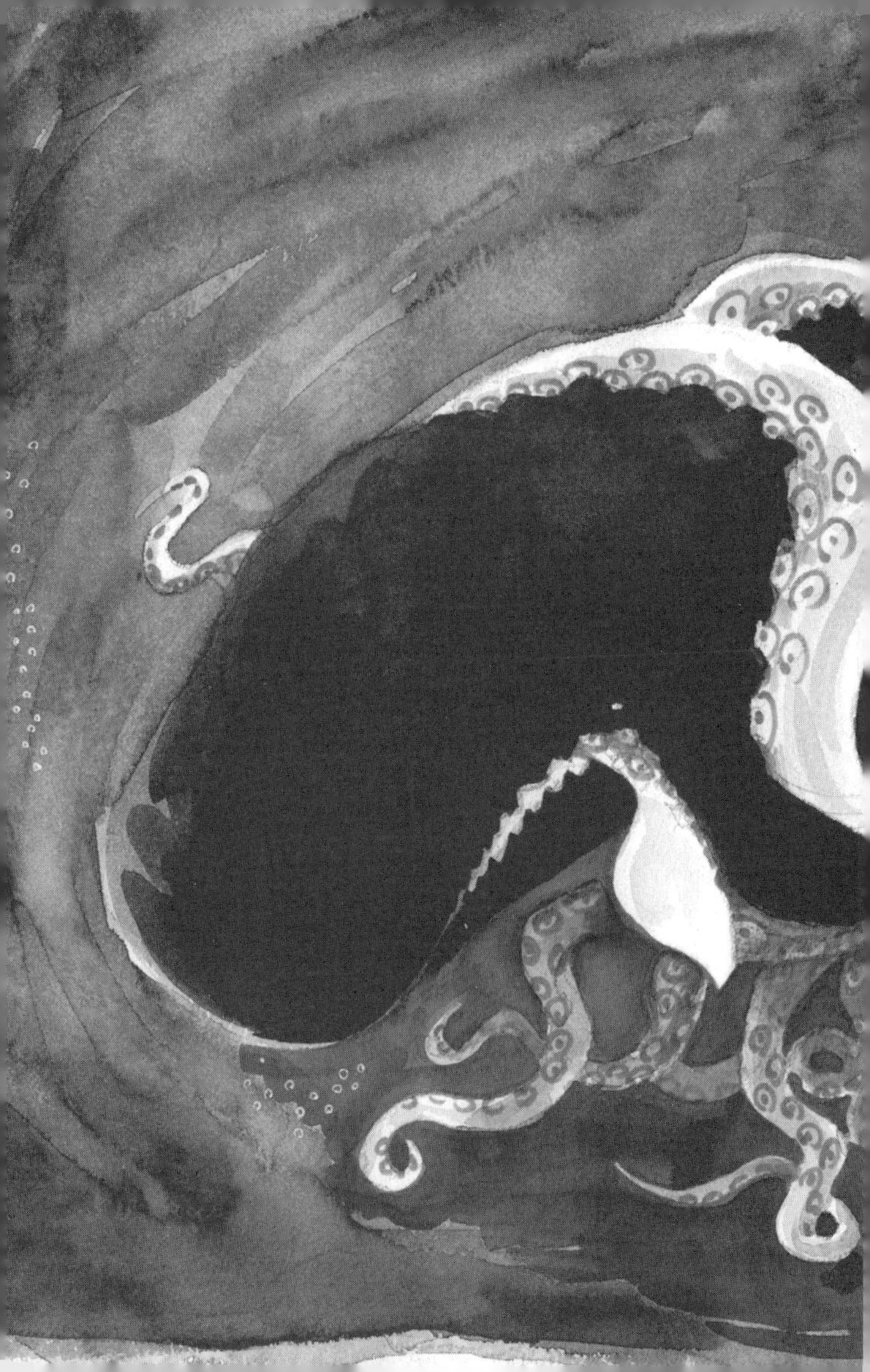

# 目次

## はじめに

この本は、小説家の西加奈子さんと文筆家のせきしろさんが、二〇〇九年一月から二〇一〇年七月まで、約一年半にわたり題詠短歌に挑戦し続けた記録です。

二〇〇八年晩秋、西さんとせきしろさんは初めて出会いました。西さんがせきしろさんの著書（文庫本『去年ルノアールで 完全版』）に解説文を寄せたのがきっかけとなり食事会が開かれたのです。その食事会で、西さんは何気なくこんな話をしてくれました。

「こないだ、雑誌の、『ダ・ヴィンチ』の企画で歌会に呼ばれたんよ。歌会。短歌の歌会。歌人の穂村弘さん、山崎ナオコーラちゃん、豊島ミホさん、そんで、ウチ。ウチ、短歌を詠むのは初めてで。でも、みんな小説家やし、負けられへんなと頑張って詠んでみたんやけど、なんや交通標語みたいなのんしか浮かんでけえへん。五七五七七を気にしすぎるあまり、考えれば考えるほどどんどんぎこちなくなるし。どうやっても〝赤信号みんなで渡れば怖くない〟的なもんにしかなれへん。もう、恥ずかしくて恥ずかしくて。すげえ悔しい思いをしたんよ」

一言一句、こうだったかというと違うかもしれませんが、ま、とにかくそういう趣旨のことを西さんは言ったのです。すると、せきしろさんがこんなことを言い出しました。

「僕も最近短歌を作り始めてるんですよ」

だったら、西さんとせきしろさんで短歌を詠む連載でも始めれば面白いんじゃゃん。


そんなわけで。雑誌『アンアン』の二〇〇九年二月の号から「短歌上等！」（タイトルは短歌リベンジに燃える西さんが考案）という連載が始まることに相成りました。

ちなみに。短歌連載が決まったとき、せきしろさんはポツリとこんなことを言いました。

「間違えた。最近作ってるのは短歌じゃない。俳句だ。自由律俳句。短歌のことはよくわからん」

何を言うか、この期におよんで！　せきしろさんのポツリは聞かなかったことにしました。


ふたりの歌会は月に一度開かれることになりました。毎月ゲストを招いてお題を出してもらい、ふたりがそのお題にちなんだ歌を詠む「題詠」のスタイルです。短歌界、作家界、お笑い界、ミュージシャン界、女優界、高校生界、いろんな世界から様々な方々におこし頂きました。時には、一緒に歌を詠んで頂いたりもしました。

あふれる言葉を三十一文字に収めるのもやっとの初心者とはいえ、西さんは小説家らしくストーリーを想像しそれを五七五七七で表現するというユニークなスタイルの歌を、せきしろさんは短歌らしからぬ規格外の歌や普段の彼からは予想だにしないハッとさせられるようなセンチメンタルな歌を、ふたりの異才はそれぞれの「人となり」が滲み出る名歌を数多く生み出しました。

そして一年半。ふたりが短歌に挑戦し続けてわかったのは、「短歌は自由」ということでした。もちろん、短歌というからには五七五七七であることは重要です。でも、決まり事はそれだけ。自由な発想でココロの赴くまま言葉を連ねて良いのです。だからこそ楽しい、そして難しい。

本書はそんな「自由な歌」の記録です。予備知識は何もいりません。ぜひ気楽に読み始めてください。電車の中でバスの中で勉強の合間に夜寝る前にトイレのお供に。読み終えるころには一首詠んでみたくなるんじゃないかと思います。そう、一首。短歌は一首。最初、西さんもせきしろさんも「首」と数えることもよくわかってませんでした。余談ですけど。

単行本化にあたり、100%ORANGEの及川賢治さんに表紙絵を、大島依提亜《いでぁ》さんに装丁をお願いしました。絵や装丁が気になりつい手に取っちゃった方々もいらっしゃるでしょう。うれしいです。ありがとうございます。思うツボです。そしてそんな方方の頭の中には今、こんな疑問がうず巻いていることだと思います。

なんでタイトルが〝ダイオウイカ〟なのよ。

それは読めばわかります。種明かしはしませんが、これだけは断言できます。
ダイオウイカはたぶん美味しくありません。

二〇一〇年一〇月　　本書の編集兼記録係　辛島いづみ

## 追記

そして本書は、二〇一五年二月に文春文庫として再出版されることになりました。単行本が出てから四年半、西さんとせきしろさんをとりまく環境はずいぶんと変化しましたが、いちばん変わったのはダイオウイカではないでしょうか。二〇一三年、深海で悠悠と泳ぐその姿をNHKで報じられて大ブームに。ずいぶんと身近な存在になったのはうれしい限りなのですが、この本はダイオウイカブームに乗って出したわけじゃないですよ、念のため。

文庫版も大島依提亜さんに装幀を、及川賢治さんにイラストをご担当いただきました。

# ダイオウイカは知らないでしょう

# 上手くなるから待ってろ、短歌！

ゲスト――穂村 弘さん

歌人。一九九〇年に初の歌集『シンジケート』で歌人デビュー。以来、現代短歌を牽引し続けている。二〇〇八年、短歌評論集『短歌の友人』で伊藤整文学賞受賞。近著に絵本『X字架』（絵・宇野亞喜良）がある。

お題其の一　初対面

**久しぶり初めましてと重なってあたしわらうよわらうよみてて　西加奈子**

**初めて会ったのに初めてじゃないみたいという嘘を初めてつく　カットフルーツの香りの中　せきしろ**

西――短歌のことなんて右も左もわからんと、短歌詠みを始めてしまったんやけど。

せきしろ――大丈夫かなあ。そのスジの人から怒られたりしない？

西――せきしろさんもやるって言ったんやからね。もう後にはひけへんよ。短歌上等！上手くなるから待ってろ、短歌！って意気込みで頑張ってみようよ。そんでね、最初やから「そのスジの人」に来て頂いたんよ。穂村弘さん。

**穂村**――はい。そのスジの人です（笑）。気鋭の作家のおふたりが短歌を始めるというので、今回はとっても楽しみに来たんです。純粋な一読者として、おふたりの歌を読んでみたいなと思います。

**西**――ふつつか者のふたりですが。

**せきしろ**――よろしくお願いします。

**穂村**――じゃあ、お初ということで、お題「初対面」から詠んでみましょうか。

**西**――はい（短冊にサラサラと書く）。……できました。

**せきしろ**――はっ？　もう書いたの？

**西**――フフン。ウチ、小学生のころから「予習ちゃん」やねん。ホラ（と、短歌のメモを見せる）。

**せきしろ**――僕は丸腰で来ちゃったよ。今から考える。えーっと、五・七・五・七・七……？

**西**――五・七・五・七・七やで。

**せきしろ**――えーっと、初対面……（指を折ってしばし考える）。

**穂村**――じゃあ、せきしろさんが指折り考えているあいだに西さんの歌から分析しますか（笑）。

**西**――うわあ、ドキドキやわあ！

**穂村**――……なるほど。西さんはさすが作家さんです。わずか三十一文字の中にドラマを上手《うま》く織り込んでます。この歌は、「あたし」が久しぶりの人と会い、「久しぶり」と声をかけたら、同時に「初めまして」と言われてしまい、「あたし」は痛い気持ちを隠して笑った、と僕は読みました。

**西**――ズバリです。これ、ホンマの出来事なんです。ある忘年会で、ウチは女の子三人でおって、そこへ男の子がひとり、「おーっ！」ってやってきて。ウチらはみんな「久しぶり！」って、順番に乾杯したんです。そしたら彼、「久しぶり！」「初めまして！」「久しぶり！」って（笑）。だから、最初はこういう歌を詠んだんです。「初めまして久しぶり初めまして　重なるグラスわたし真ん中」。

**一同**――（爆笑）。

**穂村**――コントっぽくするなら、その歌もアリだけど（笑）。

**西**――でもホンマ、辛かった。辛すぎてウチ、めっちゃ笑うしかなくて。脳みそもグダーッてなるくらい。だから、下の句は全部ひらがなにして表現してみたんです。「あたしわらうよわらうよみてて」。

**穂村**――いいと思います。状況提示の上の句、心のレベルで決着をつける下の句、バランスは絶妙です。僕的には、やっぱり最後の「わらうよみてて」にグッとくるなあ。西さんの辛い笑顔を思い浮かべると（笑）。どうですか、せきしろさんは。

**せきしろ**――僕は、こういう自分の心の声というか心理描写というか、絶対に書かない、ていうか、書けないっすね。

西――そうなん？　ていうか、せきしろさん、短歌はできたん？

せきしろ――できました。

西――見せて、見せて。

穂村――……いいですねえ。僕は、せきしろさんのエッセイを拝読して、「この人は短歌向きの人だ」と常々思っていたんですよ。要は、言葉が勝手に転がっていく度合いの強いタイプの作家ほど短歌向きで。書き出す前に全体の起承転結がキッチリ見えているタイプより、自分で次に何を書くのかわからないタイプ、たとえば太宰治のような人が向いてるんです。太宰は、起承転結を事前に考えてしっかり書く作家のことを、「小説の剝製《はくせい》を作っているだけだ」と皮肉っていたんですが、それは、たぶん太宰にすれば、「小説とは生ものであるべき」と。せきしろさんの文章も、その「生もの」感がすごく強い。客観的に起きている出来事そのものは全くたいしたことがないし、くだらない小さな出来事でしかない。でも、読んでいるとひどく衝撃的な大きなうねりを感じるんです。それは「生もの」としての強度がすごくある、ということだと思うんです。で、この歌には、まさにその強みが出ている。「初めて会ったのに初めてじゃないみたいという嘘」。ここまでは、非常に普通。嘘の中でも普通の嘘。でもその後に「を初めてつく」と続く。この六文字でハッとする。それまで無駄に並べた平凡さが見事に覆されるんです。そして最後の「カットフルーツの香りの中」。これがすばらしいんです。恋の始まりの陶酔感を「香り」によって補強する効果をあげている。まさにここに、短歌の醍醐味《だいごみ》が詰まってるんです。まるで短歌のプロのような表現ですよ。
西――うそやーん！　丸腰だったのにベタ褒め！　悔しい！
せきしろ――恐縮です。
穂村――がしかし。残念ながら短歌のカタチになってないよね（笑）。
西――ホンマ、全然五七五七七になってへん。文字が溢れすぎや（笑）。
せきしろ――えーっと、短歌って、五・七……？
西――だから、五・七・五・七・七。さっきから言ってるやんか！
穂村――短歌はカタチを守ることが大事なんです。
西――ところでこの「香り」って、イメージ的には何なん？　何のフルーツなん？
せきしろ――ほら、よくあるじゃん。新宿のフルーツ屋の軒先《のきさき》とかで、串刺しで売ってるヤツ。
西――パイナップル？　甘酸《あまず》っぱいカンジ？
せきしろ――いや、ドリアンだね。
西――ド、ドリアン!?　恋の始まりの陶酔感がドリアンなん？
せきしろ――大人の恋ってそういうもんなんだよ。

お題其の二　片想い

**片想いしている時間はムダなのか**
**考えている間にも　テレビの落語家はとしをとる**
せきしろ

**目が合うのイエス！　だいすき！　でも遠いあなたブラウン管白い家**
西加奈子

せきしろ――お、恋の歌なら得意だぞ。
西――ホンマ？　ほな、せきしろさんから詠んでみて。
せきしろ――よし。……書いた。どうだい？
西――あははは（笑）。これ、全然恋の歌やないやん。「テレビの落語家」って『笑点』やん（笑）。
せきしろ――じゃあ西さんのは？　……かわいい歌だなあ。アイドルに片想いか。
西――ううん、アイドルよりもっと尊《とうと》い人やで。穂村先生、意味わかる？
穂村――西さんのは「イエス！　だいすき！」がいいですよね。「イエス！」は唐突な横文字なんだけど、大好き感がよく伝わってきます。こういう表現は会話ではよく使うけど、文字にすると「とてもだいすき」とかになりがちです。でもそこであえて「イエス！」で、テンションの高さを表現する。上手いですね。下の句は、それが成就しない想いであることが伝わる構成。でも、それがブラウン管の向こう側の芸能人のことなのか、ブラウン管の向こう側にいるように遠く感じる人のことか……。

**西**——実はこれ、オバマ大統領のことです。

**せきしろ**——YES WE CANかい（笑）。

**西**——ウチのテレビの画面、めちゃデカくて、見てると「イエス！」ってオバマが言う度にいっつもガツンて目が合うんです。その度にもううれしくて。

**穂村**——あはははは（笑）。じゃあ、最後の「白い家」というのは……。

**西**——そうです。ホワイトハウスのことです。

**穂村**——僕はまた不倫の歌かと思ったなあ。「白い家」の象徴しているものが。

**西**——そういうふうに捉えてもらってもいいです。ウチ、オバマ欲しいもん。奥さん見るとなんやイラッとしてくるし（笑）。

**せきしろ**——西さん、大統領相手の不倫はやめといたほうがいいぞ。

**穂村**——対するせきしろさんの歌はホラーですよね（笑）。「テレビの落語家」という笑いに隠されたホラー。つまり、人はみな「生きるというのは死ぬまでの時間を過ごすこと」と薄々感じてはいるんだけれど、直視してはいない。でもこういうふうに言われるとハッとさせられるんですよね。

**せきしろ**——そうなんです。日曜の夕方に『笑点』を観ていてふと思ったんですよ。何かをボーッと考えている間にもどんどん年を取るんだな、と。
穂村――日曜の夕方っていちばん空虚な時間帯ですからね。
せきしろ――なんだかエアポケットみたいなカンジがするんです。
穂村――それにしても今回はふたりとも、奇しくもテレビネタなんだけど、『笑点』に「ブラウン管」で、「昭和」だよね。今の時代、テレビを「ブラウン管」とは表現しないと思うけど(笑)。
西――ウチのテレビ、ブラウン管やなかった。薄いヤツやった。じゃあ、「アクオス」と書けば今っぽくなったんかな?

## お題其の三　東京

**高井戸、笹塚、中野が東京　猫と住んだん中野だけ、嘘　西加奈子**

**車窓から室外機と墓　隣の人が三億円犯人である可能性　せきしろ**

西――せきしろさんが東京に来たんはいつやったん?
せきしろ――十八歳のとき。大学受験で北海道から上京して。で、そのまま二十数年。

**西**――そうなんや……って、え？ 受験で来てそのまんま？

**せきしろ**――帰らなかった。

**西**――だってそのあと、高校の卒業式とかあるやんか。

**せきしろ**――出てないんだ。だから、親はいまだに僕が受験勉強中だと思ってる。

**西**――騙しすぎやわ（笑）。

**せきしろ**――西さんは？

**西**――ウチは二十六歳のとき。大学を出たあと小説家になるって決心して大阪から。穂村先生は？

**穂村**――僕も学生時代からだね。

**西**――ということは、みんな東京は異郷の地なんやなあ。

**穂村**――西さんの歌を読んで思い出したんだけど、僕にとっての東京は中央線沿線と下北沢だけど、僕の友人で「中野から吉祥寺までが東京でその先は滝になってる」って言い張る女性がいるんですよ（笑）。確かに、東京って大都市だから、全域を把握しようとすると疲れてしまう。だから、東京で暮らすのは、自分のテリトリーを決めることだと思うんです。西さんの上の句「高井戸、笹塚、中野が東京」はまさにそれ。そして、東京に住んでいる人ならば、その辺をテリトリーとする人がどんなキャラクターの人物なのか想像できる。まさに、西さんのような人物を想像できるんです（笑）。

**せきしろ**――僕も中央線沿線の住民なんで、この歌を読むとこの人は親しみやすい人かもって感じるな。

**穂村**——地名のチョイスもいいんですよ。これがたとえば「麻布、広尾、白金が東京」とかって書いてあると全く違う印象を抱きますから。

**西**——うわ、ホンマや。一気にカッチーンとくる女になるわ。

**穂村**——あと、僕が好きなのは下の句、「猫と住んだん中野だけ、嘘」。「住んだん」の微妙な方言、僅かな文字数で、この人が東京の人ではなく西の方の出身だとわかる。そして最後の「嘘」。どこか深読みを誘う奥行きのある言葉。背後に恋愛があるんじゃないか、と僕は読んだけど。

**西**——その通りです。高井戸、笹塚、中野と住んで、中野は思い出がめっちゃ深いんです。恋愛とかいろんなこと含めて。だから最後の「嘘」は悲しみを否定したい気持ちの表れなんです。

**穂村**——この「嘘」の一言で読者は作者に好感を持ちますよ。ああかわいい人だなあ、と(笑)。

**西**——ホンマですか? ウチ、短歌でモテるかもしれへんなあ!

**穂村**——せきしろさんの歌、「室外機と墓」のチョイスもすばらしい。車窓からは無数のものが見えているはずなのに、その中から「室外機」と「墓」にフォーカスを合わせるところがさすが。特に「室外機」。普通は「ベランダの洗濯物」とか書きがちだけど、「室外機」こそが「東京に暮らす人の生の象徴」と見抜くその目の良さ。せきしろスコープは驚異的です（笑）。

せきしろ――いや、東京に来て何にビックリしたかって、ビルとビルの間に墓があるのが衝撃的だったんですよ。そしてやたらと室外機も多いなあ、と。

西――そうやね。クーラーとかいらんもんな、北海道は。

せきしろ――電車に乗れば、三億円犯人も隣に座ってるかも知れないしな。東京は怖いよ（笑）。

## お題其の四　喫茶店

**喫茶店ティースプーンを使い輸入CDをあける**

**カラスは木の実を高所から落として割る　せきしろ**

**ミルクがゆほをばるおまへ　旗のよな波平の髪みてないおまへ　西加奈子**

西――喫茶店といえばせきしろさんやんなあ。『去年ルノアールで』って、喫茶店を舞台にしたエッセイを書いて本にしたぐらいやもん。

せきしろ――最近はそうでもないけど、昔は毎日毎日ルノアールに通ってた。
穂村――西荻窪のルノアール。
せきしろ――そうです。
穂村――僕もその近所に住んでるので知ってますよ。
せきしろ――もうつぶれてしまったんですよ。だから最近は行くところがなくなっちゃって。
西――でもな、ウチ、喫茶店はあんま行かへんねん。行かへん中でいちばんの想い出を詠んでみたのがこれなんやけど。
せきしろ――僕のは……なんか……長い……かな？
西――明らかに長いわ！　書いてる途中からわかってたわ（笑）。せやから、穂村先生も言ってるやろ、五七五七七のカタチが大事なんやって。
せきしろ――早口で読めば大丈夫かと。
西――早口でも文字数は変わらへん！
穂村――あははは（笑）。せきしろさんのは相変わらず面白いね。前半「ティースプーンを使い輸入CDをあける」だけで引き込まれますね。後半は、そういう行為に及ぶ自分はカラスに劣ると自分を貶《おとし》めつつポエティックな余韻を感じさせるし。
西――店の隅に座っていっしょけんめい開けてるせきしろさんの姿、目に浮かぶわ。
穂村――しかしね。素材は豊富なのにもっときれいに盛りつけできないのかよ！　と歌人の僕は思うわけで（笑）。一見するとしょうもないことに思えるけれど、歌人の視点からすれば、すごく高価な食材がせきしろさんの脳の中に詰まっているのがわかる。それをどう短歌の皿に盛りつけるか、五七五七七のフォルムに収めるか、それはこれからの課題ですね。

**せきしろ**――わかりました。盛りつけ、頑張ります。

**穂村**――西さんの歌は、いままでもそうだけど、短歌のフォルムを意識しているし、「おまへ」のリフレインも面白い。だけど。今回の歌はどう解釈すべきか僕にはわからない（笑）。

**西**――わかりませんかあ（笑）。ウチ的には、超恋愛の歌で、昔の彼氏と喫茶店に行ったときの出来事を詠んでみたんです。ここの喫茶店はミルク粥《がゆ》が美味しいと聞いて注文したんですけど、店員さんが持ってきたミルク粥には『サザエさん』の波平のようなケが旗みたいに刺さってたてん……。

**せきしろ**――ん？　ケ？　陰毛ってことかい？

**西**――そう。ウチ、ケが入ってるのを知らんかった。よそ見してる間に彼が取ってくれはって。うちは知らんとうれしそうにそれ食べて。後から「お前にわからんように取っといたで」って聞いて、彼の愛情をすごい感じたんです。これが喫茶店にまつわるいちばんの想い出話。

**穂村**――……。

せきしろ――……。

西――え？　何？　なんで？

穂村――まず、短歌は詠む人の視点が前提なので、彼の視線であることがわかるように書かなくちゃいけないね。でもさあ、悪いけど、その彼、全然やさしくないよ（笑）。西さんのことを大切に思うのならば、普通なら店員を呼んで文句を言うんじゃないのかなあ。

西――えー!!　そうなん？

せきしろ――食べた後に「実は毛が入ってた」って教えるのは、どうかと思うよ。

西――うそーん！　大事な想い出やったのにー！

# 人間、年を取ると自然とやさしくなれるんだな。

ゲスト 東直子さん

歌人、作家。一九九六年「草かんむりの訪問者」で第七回歌壇賞受賞。歌集『春原さんのリコーダー』『青卵』『十階』、小説『とりつくしま』『さようなら窓』など著書多数。近著は随想『いつか来た町』。

お題其の五　卒業

校舎も二宮金次郎も下級生も記録的な大雪で何も見えない　せきしろ

「わたくしあなたを卒業します」ははは、入学させた覚えはないぜ　西加奈子

西――短歌上等！　って啖呵《たんか》切ったはエエけど、奥深くて難しいね、短歌の世界は。

せきしろ――やっぱこんなことしてるとそのスジから怒られるような気がするんだけど。

西――でもなんや面白くなってきたよ、ウチは。もっともっと詠んでみたいもん。

東――こんにちは。穂村さんに引き続き、「そのスジ」から監督に来ました（笑）。

西――歌人の東直子さん。
せきしろ――お、何気に西と東がそろった（笑）。
西――西です。
東――東です。
せきしろ――……えーっと……。
東――では、さっそく始めましょう。
せきしろ――あ、はい。
西――（メモを見ながらサラサラと書く）できた。……あ、せきしろさん、携帯見てる。
せきしろ――穂村さんのとき丸腰だったのを反省したんだ。携帯にメモってきた。
西――成長したなあ（笑）。
東――じゃあ、せきしろさんの歌から読んでいきましょう。……まず、上の句、「校舎」と「二宮金次郎」の銅像は無生物、「下級生」は未来のある子供たち、それが並列になっているのが面白いです。そして作者は、それらを名残惜《なごりお》しく見ていたいのに「記録的な大雪」で何も見えなかった。悲しみをジワッと感じさせますね。これは高校の卒業式の光景ですか？
せきしろ――いえ、中学校です。
東――二宮金次郎の銅像、本当にあったんですか？
せきしろ――本当にあったんですよ、校庭に。コントみたいですけど（笑）。

西——「下級生」は部活の？

せきしろ——いや、単なる下級生。下級生の女子。好きなんだよ、そういう存在が。憧れがあるんだ。

西——「せきしろ先輩！」って？

せきしろ——僕的には「さん付け」が好きなんだけどな。

西——知らんわ、そんなん（笑）。

せきしろ——だからさ、高校は卒業式に出てないから、なんかこう、やり残した感がすごくあって。

西——唯一の想い出の、中学の卒業式は大雪でなんも見えんかったしな。

せきしろ——いまだに夢に見るんだ。

東——やり直したい、と？

せきしろ——はい。戻れるものなら中学生からやり直して、公務員とかになりたいです。

一同——（爆笑）。

東——西さんの歌は「あなたを卒業します」と女の子は皮肉たっぷりに言い、「入学させた覚えはないぜ」と彼は返す。「はは、」とワンセンテンス置いて和《やわ》らげているのも非常に効果的で、別れの歌ながらユーモラスに仕上がっていると思います。

西——ロックシンガーと、そのファンの女の子の物語を考えたんです。ある日、ロックシンガーはライブで結婚宣言をして、それを観ていた女の子はとっても落胆する。女の子は帰り際、アンケート用紙に「もうあなたを卒業します」と書く。それを楽屋で読んだロックシンガーが「って言われても、このコ知らんしな」って（笑）。
東――西さんはそうやって誰かに夢中になった経験はある？
西――ロックシンガーやないけど、プーチンには夢中になってました。
東――プーチン？　ロシアの首相の、あのプーチン？
西――そう。めっちゃ好きやってんけど、勝手に入学して勝手に卒業しました（笑）。
せきしろ――なんだ、オバマに片想いしてるんじゃなかったのか。
西――だってセクシーなんやもん。強大な権力を持ってる男って、なんや色気あれへん？
せきしろ――確かに、プーチンはいい男だけど。総合格闘技顔だしな。
西――そうなんよ。ロシアのスパイ学校も優秀な成績で出てるんやて。そうや、ウチの歌「あなた」をプーチンに変えてみようかな。「わたくしプーチンを卒業します」。どう？
せきしろ――じゃあ、僕も「下級生」をプーチンに変えてみよう。「校舎も二宮金次郎もプーチンも」。
西――そしたらせきしろさん、スパイ学校の卒業生になってまうわ（笑）。

お題其の六　お弁当

**彼氏のあだなはチャーハン彼女のあだなは天むす　とても仲良し**

**西加奈子**

**白骨と煙になるのを待っている　充血した目で飲食物を選びながら**

**せきしろ**

**東**――両極端な歌になりましたね。「お弁当」といっても解釈がまるで正反対。

**西**――ホンマ。せきしろさんのは、あの世とこの世の境にあるような感じの歌やけど。

**せきしろ**――西さんのは幸せいっぱいだな。「とても仲良し」って、僕、その言葉だけで泣ける。あとは野菜の絵があればそれだけで号泣だ。

**西**――武者小路実篤か！

**東**――私も西さんの、「チャーハン」に「天むす」、このあだ名の斬新さとかわいらしさにはグッときますよ。

**西**――この歌はウチが妄想したストーリーが背景にあって、「チャーハン」はバンドをやっててドラムを担当、「天むす」はいつも図書室にいる本の好きな文学少女、なんです。

東——なんだか学園ドラマみたい。ふたりはいつもお弁当にこれを持ってくるからそのあだ名なの？

西——いいえ、彼と彼女のイメージがそうなんです。どちらもクラスですごく人気者。みんなに好かれてる。そんなふたりが付き合ってるから、クラスのみんなも幸せな気持ちになる。

東——そっか、なるほど。

西——やっぱこういう歌だと説明が必要やからアカンのですかね……。

東——いいえ、それが短歌ゆえの醍醐味なんです。私もよく5W1Hを省いた歌を作るんですが、読者が自分の体験に沿わせてそれぞれが解釈してくれればいいと思うんです。状況などについては読む人に任せるほうがむしろいい。でも、今回の西さんの歌は上の句の「彼氏」と「彼女」で「とても仲良し」なのはわかるので、下の句には別の言葉のほうが、より「お弁当」の雰囲気が出せるかも。

西——そうか。じゃあ、たとえば、下の句の最後を変えて、「彼氏のあだなはチャーハン彼女のあだなは天むす　今日は中庭」。

東——あ、いいかも！

西——じゃあ、それに変更します。

東——せきしろさんの作品は、人はいつか骨と煙になるけれど、生きている間は目をギラギラさせて「飲食物」を狙うという、人間の業《ごう》を感じさせる歌ですよね。「飲食物」っていう言葉のセンスもいいです。

せきしろ――これ、実際に体験した火葬場の出来事で。子供のころ、人が死んでいるのに、なぜみんな肉が食えるのかとすごく不思議だったんですよ。

東――すると「充血した目」が涙の目なのか、「飲食物」を狙う目なのか、火葬場でのその瞬間を捉えた歌だということなんですよね。でも、人間の無常感を詠んだ歌のようにも思える。うーん、すばらしいなあ。これ、名歌です。

## お題其の七　耳

**誕生日や記念日も全部覚えている　耳にお経を書き忘れる**　　**せきしろ**

**アーイアイおさるさアイアみなみのアイアーしっぽア　うるさいだまれ**　　**西加奈子**

東――今回は私がお題を出しました。「耳」です。体の一部をテーマにするとセクシュアルなものが引き出されるかな、と思ったんですが……ふたりとも見事に期待を裏切ってくれました(笑)。

西——私は「アーイアイ」、せきしろさんは「お経」（笑）。

東——せきしろさんのは『耳なし芳一』がモチーフですよね。お経を書き忘れた耳だけオバケに持っていかれる、という怪談。

せきしろ——僕、よく耳にお経を書き忘れるようなことをやっちゃうんです。もう何もかも、誕生日も血液型も記念日も、全部完璧に覚えた。でも、うっかりやっちゃうんです。

西——うっかり書き忘れてる。

せきしろ——そう、詰めが甘くて。

東——それは彼女が細かいことにうるさい人、ということ？

せきしろ——いえ。なんていうのか、正直、重なる時期ってあるじゃないですか。一方は終わりかけで、もう一方が始まってきた、それがこう、クロスして……こう微妙に、こう……。

東——「こないだ一緒に観た映画、よかったね」と言ったら違う方だった、と（笑）。

せきしろ——DJみたいなもんですよ。フェイドイン、フェイドアウト、ピッチ合わせて。

西——でも合わせすぎて、なんや間違ってしまうんや（笑）。

せきしろ——そうなんだよな。

西——自業自得やん（笑）。

東――西さんのはずっと「アーイアイ」とおさるさんの歌をなぞりつつ、最後に「うるさいだまれ」で落としてピリッとさせる。バランスは非常にいい。でもとても抽象的な歌なので、読者は作者の真意を測ることができない。もう少し、わかりたいかなあ。

西――私、すっごく悲しい気分のとき、頭の中でランダムにリフレインするのは、必ずアホみたいな歌なんです。「アーイアイ」みたいなバカな歌。こんなに悲しい気分やのになんで？ と。

東――だとすれば、それが脳内の音だということは読者に伝えたいですよね。「アーイアイ」が周囲の音のように思えてしまうから。

西――どうしたらいいですか？

東――たとえば、最後を「さみしいだまれ」とするのはどうかな？ 感情を素直に言葉にするのも、時にはすばらしい効果を生みます。歌の途中に「さみし」と挟み込むのもいいかも。

西――「アーイアイおさるさアイアさみしアイアーしっぽア うるさいだまれ」。

東――あ、すごくいい！

**美しいボタンをつけてほしいのよ　白髪さえない私の股に　西加奈子**

**祖母が縫うボタンが頼りなく揺れている**
**それでも褒める昔褒められたように　せきしろ**

せきしろ――西さん、また「ケ」か。前も「ミルク粥にケ」、詠んでたじゃないか。

西――そうや。一か月に一度は一毛主義（笑）。なんやったら言い換えたほうがええ？　UHとか。

せきしろ――ユ、UH……？

西――アンダーヘア。

一同――（爆笑）。

東――これは、白髪のUH（笑）さえもなくなった股に美しいボタンをつけてほしいという、あの世への究極の願望の歌だと感じましたけれど。

西――貞操を守るおばあさんの歌なんです。最初、お題の「ボタン」が花の牡丹《ぼたん》やと思って、UHのなくなったおばあさんが、女でなくなるのは嫌やから、ここに牡丹の花の刺青《いれずみ》を彫ってほしいと願う物語を考えてみたんです。

せきしろ――『緋牡丹お竜』的刺青かい？

西――そう。でもなんや任侠映画みたいやと思って。だから、そうではなく「私は死ぬまであなたのもの」と死んだおじいちゃんのために貞操を守るおばあちゃんの話にしようと。

東――つまり、ボタンは何かと何かをつなぎ留めるものだから、大事な部分に究極のつなぎ留めるものをつけたいと？

西――おばあさんがそういうことを望むのは美しいと思うんです。最後まで女として、大事な人のためだけに生きていたい、そう考えるおばあさんに私はグッとくるんです。

東――なんだか小説になりそうな内容で、深いですね。

西――今回はずっとそうやって何かのシーンを想像しては短歌を作ってみたんです。

東――なるほど。「天むす」と「チャーハン」とか、ロックを卒業するファンの話とか。そういうのは、作家である西さんならではの発想ですよね。そして、せきしろさんもおばあちゃんを詠んでます。

せきしろ――これは僕の祖母のことなんですよ。

東――おばあちゃんが頼りない手つきで自分のためにボタンを縫いつけてくれた。かつて自分が子供だったころ、不器用にやっていたことをおばあちゃんが褒めてくれたことを思い出して、今度は自分が褒めてあげる。昔もらった愛情を返す、そんな相互のやりとりにとても胸を打たれます。いいですねえ。これも名歌ですねえ。

**西**——せきしろさん、意外とやさしいところがあるんやね。

**せきしろ**——人間、年を取ると自然とやさしくなれるって、最近やっとわかってきたんだよ。おばあちゃんの玉結びが異常に長くてもそれを「ありがとう」と言えるようになるんだな、って。

# 「青春」なんて本当にみんなの中にあんのかな。

ゲスト
## 山崎ナオコーラさん

作家。二〇〇四年『人のセックスを笑うな』で文藝賞受賞。『論理と感性は相反しない』『この世は二人組ではできあがらない』『昼田とハッコウ』『指先からソーダ』など著書多数。近著は『太陽がもったいない』。

お題其の九　**嘘**

**あなたのすきな歌手は**
**わたしのいとこのかれしのともだちのいもうと**　**西加奈子**

**無人島に持っていくのはラジオとかで**
**墓に持っていくのはいくつかの嘘**　**せきしろ**

西――今回は作家の山崎ナオコーラちゃんに来てもらいました。
山崎――こんにちは。せきしろさん、はじめまして。
せきしろ――ふたりは友達？

西——そう。二〇〇七年ごろやったかな。北京であった作家のシンポジウムで一緒になって仲良くなって。一緒に福岡へ行ったり、ニューヨークへ行ったり。
山崎——気の置けない仲なんで、ビッシビシ講評しますよ。もっと魂を込めろ！　とか（笑）。
西——先生、お手柔らかにね（笑）。
山崎——ふむふむ（ふたりの歌を読む）。……なるほどね。
西——うわっ、ムカック～!!　「なるほど」って言葉、原稿を見せたとき編集者に言われたらいちばん傷つく言葉やねん。
山崎——でしょ。言ってみたかった（笑）。というのは冗談です。加奈子ちゃんの歌、いい歌だと思いました。「わたし」が「あなた」の気を惹くためについた嘘、そのリアリティを出すために、つい余計なことを言いすぎてしまう。かわいい嘘だと思います。でもこの嘘、最初からバレてもいいと思ってるフシもあるよね。
西——そう。自分に気づいてもらいたくて、振り向いてもらいたくて、「あなた」の気を惹きたくて、「あなたのすきな歌手」に嫉妬して、そしてついた他愛ない嘘。「いとこのかれしのともだちのいもうと」って嘘を全部平仮名で書いたのも、「わたし」のあたふたした感じを出したくて。
山崎——せきしろさんはこんな嘘を言われたらどうしますか？
せきしろ——一応乗ってあげる。「え？　ボン・ジョビと知り合いなの!?」って。

一同――（爆笑）。

西――ボン・ジョビやったら「いもうと」やないよ（笑）。

山崎――せきしろさんは、「無人島に持っていくのはラジオとか」ですか。私なら無人島にラジオは持っていかないなあ。もっとサバイバルに役に立つもの持っていく。ナイフとか。

せきしろ――誰もいないと人恋しくなるかな、と。

西――さびしがり屋さんなんやなあ（笑）。

山崎――でも無人島だったら、そもそもラジオは聴けなくないですか？

せきしろ――万が一、ガガッてなんらかの電波を拾うかもしれないし。

西――そんで、「墓に持っていくのはいくつかの嘘」なんや。嘘、いくつぐらい？

せきしろ――ヤバいぐらいたくさん。

西――ほんなら「いくつか」やないやん（笑）。しかし、せきしろさんの歌は「墓」がよう出てくる。

せきしろ――「墓」が好きなんだ。武田信玄の墓も見に行ったし。

西――墓のどんなところが好きなん？

せきしろ――石だな。昔から石が好きなんだ。『無能の人』みたいなダメ人間の趣味だけど（笑）。

**桜の花踏めば砕けて溶けていき　靴底から染み入り　手のひらを見る　せきしろ**

**妹がほしいのと呟いた祖母　桜たくさんめしあがってね　西加奈子**

せきしろ——たとえばカエルを踏んづけたとき、カエルが足の裏から染み上がってきて体中に回っていく、そんな気がしたりしない？

西——カエルは踏んだことはあれへんけど（笑）。でも気持ちはわかるよ。体中がだんだんと両生類になっていくような感じよね？

せきしろ——そう。それを「桜」で美しく表現してみたのがこの歌なんだけど（笑）。

山崎——よかった、お題が「カエル」じゃなく「桜」で（笑）。とてもステキな歌だと思います。舞い散る桜の花びらの上を歩き、自分も桜色に染まっていく。いい瞬間。すごく映像的。桜色に染まったその手のひらを見てみたい。

せきしろ——三十代後半ともなると、風景を異様に意識するようになるし、美しいものを素直に美しいと思えるようになる。年を取るというのはそういうことか、と最近よく実感するんだ。ヘタすると泣くもんな。

西――わかる！　ウチも三十過ぎてから敏感になってきた。自然とか野生とか、圧倒されるねん。馬とか見ると泣いてしまうもん。

山崎――私も若いときは人間関係ばかりに気を取られてたけど、今は、「花を見られるだけでも幸せ」と思えるようになった。

西――そうなんよ。そんで、手を合わせるようにならへん？　トイレで「今日もちゃんと出た、ありがたい」って（笑）。

山崎――でも、それを実感できるのは大切なことだよね。

西――ホンマに。年を取る、ってそんな「幸せ」に気づくことなんやと思うわ。

山崎――加奈子ちゃんの歌も、美しく、そして、悲しいよね。これは、ボケて少女になってしまったおばあちゃんのことを孫が見ている歌、だよね。縁側に座るおばあちゃんが庭の桜を見ながら「妹がほしい」と呟いて、はらはら落ちてきた花びらをパクッと食べて。

西――孫も孫でそんなおばあちゃんと同化して桜を一緒に食べて。これ、ウチの思う究極の美しい情景やねん。ウチ、老人になったらひとつの脳みそをみんなで共有するのが夢なんよ。つまり、他人の記憶を自分の記憶にしてしまいたいの。たとえば、ナオコちゃんが書いた本やのに、ウチが書いたと思ってインタビューに答えたりしたいんよ（笑）。

山崎――私もそんな加奈子ちゃんの隣で「そうそう」と頷いてるんだね。

西——怖いほど美しい情景やわ。
せきしろ——じゃあ僕はそんなふたりの隣でじっと手のひらを見ながら泣いてようか（笑）。

お題其の十一 青春

**ミスターレディ喜んでカズダンス 大江千里妹は万里 西加奈子**

**青春は全て別冊マーガレットの中で**
**ただただじっと 過ぎ去るのを待った せきしろ**

西——お題の「青春」っていう言葉がアホっぽいから、中学生のときに流行《はや》ってたものをいろいろ並べてみたんやけど。
山崎——カズダンスできるの？
西——できへんよ（笑）。
山崎——あ、じゃあ、自分が好きだったもの、ということじゃないんだね。
西——違う。テレビとかでよく見たものを羅列しただけで。

山崎――つまり、「青春」は自分とは関係ない、ということだ。

西――するどい！　まさにそう。「青春」なんて本当にみんなの中にあんのかな、って思うねん。若くないと「青春」やない、というのも差別的な感じやし。

せきしろ――青春否定短歌かい。

西――そうです。

山崎――でも私もそう思う。「青春」なんて対岸の火事のような感じがするよね。

西――そりゃ初恋の想い出とかあるし、それが「青春」なんやと言われればそうかもしれへん。でもそれが自分の「青春」やとは言いたくないねん。

山崎――私は「青春」というと、小室哲哉と華原朋美を思い出すんだなあ。だから小室が逮捕されたときはすごくショックを受けて。カラオケに行って「I'm proud」を歌ったもん。

西――えー、ナオコちゃんが!?

山崎――熱心なファンじゃなかったんだけど、高校生のころにものすごく流行ってたから。私はオザケン（小沢健二）が大好きだったんだけど。

西――せきしろさんの歌も、「青春」は関係ないスタンスやね。この気持ち、ようわかるわ。

せきしろ――僕は「青春」とかどうでもよかったから、早くこの時期が終わってほしいと思ってた。

山崎――『別マ（別冊マーガレット）』って、男子なのに読んでたんですか？
せきしろ――読んでましたね。紡木たく、いくえみ綾、くらもちふさこ。僕が読んでたころ「青春」はすべてそこに入ってたから。暴走族にバンドものに恋愛もの。
西――だから「青春」なんて『別マ』の中での出来事でしかない、と。
せきしろ――そう。なのに、いまだに夢に見るんだ。「明日テストだ」とか「部活行かないと」とか「文化祭どうしよう」とか。そんな夢見たくもないのに。文化祭なんて大嫌いだったのに。
山崎――文化祭、参加してなかったんですか？
せきしろ――なんか、クラスの女子に嫌われてて（笑）。なのに、夢に見ちゃうんだよ。
西――消化しきれてない感じなのかな？
せきしろ――高校の卒業式出てないからな。
西――区切りは大切なんやね。
山崎――そういえば昔、青春～それは～♪って歌、流行ってたよね。
西――……そんな歌、あったっけ？　ていうかナオコちゃん、それ、お線香の「青雲」の歌やで（笑）。

お題其の十二　占い

**そういうわけであなたのラッキー短歌は**
**啄木が母ちゃん背負うやつです　せきしろ**
**あなたはどうやら口くさい運命　歯磨きすると運勢アップ　西加奈子**

西——「母ちゃん背負うやつ」！　あはははは（笑）。せきしろさんの歌、最高や（笑）。
山崎——まさに「短歌」で「占い」だ（笑）。
せきしろ——いやいや、石川啄木のやつ、いい短歌なんだよ。「たはむれに母を背負いてそのあまり軽きに泣きて三歩あゆまず」。啄木が年老いた母をおんぶしてみたら、あまりの軽さが胸に染みて三歩も進めなかった、ていうアレだ。
山崎——そんな名歌が「ラッキー短歌」ですか（笑）。
せきしろ——占いってさ、「ラッキーアイテム」とか「ラッキーカラー」とかよく書いてあるじゃん。だから「ラッキー短歌」があってもいいんじゃないか、と。
西——しかも上の句は、「そういうわけで」（笑）。
せきしろ——ラジオのＤＪがリスナーの悩みに答えてるんだ。君は啄木の歌がラッキー短歌だよ、と。で、「それではここで一曲お届けしましょう。ガール・ネクスト・ドアで……」とクリス・ペプラーが。

**西**――めっちゃいい声で(笑)。

**山崎**――でも、加奈子ちゃんの「歯磨きすると運勢アップ」も「ラッキー短歌」とさほど変わらないと思うんだけど(笑)。

**西**――結局、ウチもせきしろさんと同じやねん。「占い」ってこんなもんやと思ってる。玄関をきれいにしろとか、そんなんよう書いてあるやん。

**山崎**――お母さんの助言みたいなことだったりするもんね。

**西**――そうやねん。前に占いに行ったら、ピアスは大きいのをぶらさげるより小さいのにしろとか、スカートをはけとか、そんなん言われて。一生懸命メモってたけど、よう考えたら、その時のウチの身なりで判断されてただけやし、普通のことしか言ってへん。

**山崎**――でも「口くさい運命」なんて言われたらヘコむなあ。

**西**――相談に来た人がすごい口臭かったんよ。だから、占い師は、口臭いから歯磨きせえよ、と。普通にお母さん的なアドバイスをしたんやねん(笑)。……ってこんなん言ってたら占い師に怒られそうやけど。いうて雑誌とかの占いめっちゃ見るけど。

**せきしろ**――なんだ、占い好きなんじゃん。

**西**――自分にいいことは信じるの。都合エエけどな。

**山崎**――私もそう。週刊誌の、たとえば『アンアン』とかの占いページは必ず読むもん。

女の子はみんなそうだと思うけど、信じる信じないじゃなくて、考え事をするために、
そして「自分の今週」をイメージするために、占いのページを読むんだよね、きっと。

# 午後四時は空白の時間帯なんです。

ゲスト――いとうせいこうさん

作家、クリエイター、ラッパー。ジャンルにとらわれない活動が常に話題となる日本カルチャーの雄。二〇一三年、『想像ラジオ』で野間文芸新人賞受賞。近著は『存在しない小説』『未刊行小説集』など。

お題其の十三――

## 「アパートの一階ですよ、若者が激しく愛し合っているのは」　西加奈子

**仰向けに蛍光灯を見続ける　姿勢を変えてもう一度見る　せきしろ**

西――今回の監督は、俳句の句会をよくやっていらっしゃるという、いとうせいこうさん。

いとう――いやいや、学生と一回真似事やっただけですよ（笑）。僕のお題は「一」「二」「三」「四」とシリーズで、連作的に詠んでもらおうかな、と思います。数があがってい

くと難しくなりますからね。期待してますよー。

**西**――めっちゃ緊張する～！

**いとう**――ではカウンセラー的にまず初診、「一」からいきましょう。

**西**――……できました。

**いとう**――……ほほう。西さんの歌は全体がかぎ括弧で括《くく》られている。つまり誰がこれを言っているのか、その主体で意味が変化する。西さんは何側ですか？　アパートの大家側ですか？

**西**――このアパートのすぐ隣の、オートロックのマンションに住んでる住人側です。

**いとう**――なるほど。あそこのアパートに野蛮な連中がいるぞ、と大家にチクってるんだ。

**西**――昔は自分も一部屋しかないアパートに住んで、あげく一階で蚊とかいっぱいおって。でもそれで十分やった。なのに今はオートロックのええとこ住んで、こうして何も気にせんと激しく愛し合うことができなくなった。だから悔し紛れにチクってる、そんなカンジです。

**いとう**――あれだ、音声変えられて告発してる人みたいな、そういうドキュメンタリー感もある（笑）。

**西**――これ実話なんです。ホンマは若者ではなく、白人。マンションの共有部分で白人がBまでやっててん（笑）。

いとう――話は飛びますが、白人というと思い出すのが、西東三鬼《さいとうさんき》の俳句で「露人ワシコフ叫びて石榴打ち落す」という古い句。ロシア人がめちゃくちゃ怒ってステッキか何かでザクロの実をたたき落としてる、そういう句なんですけど、めちゃくちゃいい句なんですよ。で、どうですか、せきしろ君は。始まってから一言もしゃべってないよ。このままじゃ「西」と「いとう」しか出てこないよ（笑）。

せきしろ――あ、はい、えーっと、白人っていうのがいいですね。

西――せやから私の歌、白人は関係あれへんねん、って！

いとう――追いつけてないよ（笑）。

せきしろ――あ、いや、あの、ていうか、西さんの歌……ヤらしい（笑）。

西――えー！　感想それだけ？

いとう――でもそれも一理ある。これは女性じゃないと詠めない。作者に「せきしろ」って書いてあったら「おまえ何言ってんの？」となる。「西加奈子」が詠んでいるから肉感的でいい歌だ、となるんですよ。

せきしろ――そう思います（頷く）。

西――あー、適当に頷いてる！

いとう――そして、西さんは一階という「空間」を詠み、対するせきしろ君は暇な「時間」を詠んだ。やることなくてね、もーね（笑）。姿勢を変えて何か始めるのかと思いきや、また蛍光灯を見てる。笑いがありつつ、そこはかとないダメ感が漂う。徹底的に何も起こらないんだ。

**西**――いつも思うけど、せきしろさんの歌は寂しい。ダメ感というより、喪失感があるというか。

**せきしろ**――一応、やる気はあるんですよ。「姿勢を変えて」もうちょっと枕の高さを変えてみたほうがよく見えるかな、とか。

**いとう**――え？　何、蛍光灯を見るのが主体なの？

**せきしろ**――最近、北海道の実家に帰ったんですけど、ホント、こうだったんですよ。蛍光灯見るぐらいしかやることなかったんですよ。

**いとう**――実家はね、しょうがないよね。コンピュータがないからネットもできないし、テレビもBSが観れなかったりするし。やることがないんだよ実家は。なるほど。そうか、実家の話か。

**西**――アカンわ。むっちゃダメやん。「喪失感」は買いかぶりやった（笑）。

**いとう**――でも、これも「せきしろ」という男が詠んだ歌だからこそ、哀愁や寂しさが出てるのであって、これが「西加奈子」の歌だったら変な執着が出てくる。そこが短歌の不思議で面白いところなんだよ。詠み人の人となりも含めて短歌になる。もしここに「みのもんた」と書いててごらんなさい。蛍光灯にビジネスチャンスがあんのかな、と思うでしょう。

**西**――ホンマや。「みのもんた」やったら全然違うふうに思える。私の歌が「みのもんた」やったら昼間の電話相談になってまうし（笑）。

お題其の十四　二

**こうやってキミの頭を撫でている　この手は二回不法投棄した　せきしろ**

**兄さんの分まで生きるつもりだぜ　気付いてた俺、長男、次朗　西加奈子**

いとう――では、引き続き「二」でいきましょう。
西――めっちゃ難しい。「御祝儀二万でごめん」みたいな歌しか思い浮かばへん（笑）。
いとう――そう、「二」は難しいんですよ。「再び」という意味にすると平凡だからヒネらないといけないし、カップルや親子を示すセンチメンタルな数字でもありますからね。
せきしろ――……よし、できた！
いとう――お、手が挙がった。では、せきしろ君から。
せきしろ――はい（短歌を詠み上げる）。
いとう――男の悔恨の歌だ。詠み手としては、何を「不法投棄」したのか、問題はそこですね。洗濯機なのか、もっと小さいものなのか。それにより「頭を撫でている」感触と、重みの濃淡が出る。せきしろ君は何を「不法投棄」したと?

**せきしろ**――テレビデオ、とかですね。

**一同**――(爆笑)。

**いとう**――それはむしろ貴重だから取っておいたほうがいいんじゃないの(笑)。でも、「不法投棄」したものが、この「キミ」という女性のことかもしれないし、別の女性のことかもしれない、と深読みを誘う感じもあるよね。

**せきしろ**――そこは狙いました(笑)。

**西**――ヤらしいわ!(笑)

**いとう**――「二回」が効いてるよね。三回だと多すぎるし、一回だと罪悪感を持てない。

**西**――いままでのせきしろさんの歌の傾向として、元カノへの罪悪感ネタ、多いよね。

**せきしろ**――いやいやいや。でもまじめな話、下の句を「二回人を傷つけた」とかにしたほうが売れ筋なんですよね。

**いとう**――わかってるんじゃない(笑)。

**せきしろ**――でも、そういうことは書けないんですよ。この路線で二十年ぐらいやってますから(笑)。

**いとう**――で、このせきしろ君の無言の歌に対して、西さんは「一」に引き続きしゃべってる。台詞ですね。

**西**――あ、ホンマや! 意識してへんかった。

いとう――この「次朗」の職業はもちろん漁師だよね。北陸あたりでカニ漁とかやってんだ（笑）。

西――そこまで考えてへんかった（笑）。ウチが考えてたストーリーは、長男は、生まれる前、お腹の中で亡くなっていて、次男は長男として生まれてきたけど、そういう長男がいたことを忘れないために親は「二朗」と名付けた。そんで「朗」は元気に朗らかにという意味を込めてるんです。

いとう――しかし。そんなドラマを考えていたにもかかわらず「次朗」と書いてしまった。

西――うわっ！　しまった！　そうや、「二朗」やんか！　いちばん大事なところを書き間違えた！

お題其の十五　三

**ダイエット、メイク、ガードル、ピンヒール　あと三年で、土方が死ぬ**

**西加奈子**

**花冷えかコートを羽織る気温三度　それでも白人は半袖にリュック**

**せきしろ**

いとう――ふたりとも「三」の置き方が違っていてユニークだね。西さんは上の句で現代的な女子アイテムを羅列しつつ、下の句でドーンと明治維新前夜のモノクロの世界に突き落とす、という。

西――ウチは今年三十二歳なんですけど、新撰組の土方歳三が死んだんは三十五歳で、あと三年なんです。せやのに、今の私は「ダイエット」だの「メイク」だのの毎日で。土方が三十二のときに何をしてたのかを考えると恥ずかしくなるんです。「土方」ではなく「龍馬」でもよかったかもしれへんけど、三十二のときにはもう龍馬は死んでるというのもあるけど、なんやしっくりこなくて……。

いとう――坂本龍馬も斬られて死んだけど、結果的には勝者の側、維新側の人間。対する土方は幕府側で敗者の人間。箱館戦争で無念の死を迎えたわけだから。ここは「土方」で正解でしょう。

西――その通りなんです。せやのにウチは、「ピンヒール」で脚を長く見せよう、とか、姑息に生きようとしてる。どんだけ中身が違うんや、と。そういうこと考えると虚《むな》しくなるんです。

いとう――伝記を読むと気になるから。自分の年のときにこの人は何をしてただろう、っていうのがね。僕も三十代のときは気にしてましたよ。でも四十代からは「人それぞれだな」と(笑)。大丈夫。今はこの病気に罹《かか》ってノイローゼになるだろうけど、四十代になると治りますから。

せきしろ——僕なんてあと三年で「バカボンのパパ」と同い年になっちゃうんですけど。
いとう——四十一歳だ。大厄だね。
西——でも「バカボンのパパ」やったら、なんか気楽やん。
せきしろ——ぜんぜん気楽じゃないよ。
いとう——あのね、そのノイローゼには良薬があるんですよ。いいですか、夏目漱石は三十七歳から小説を書き始めたんですよ。
西——あー！　そうなんや！
いとう——だから、せきしろ君の年のときは『吾輩は猫である』を書きたてなんだ。どう？
せきしろ——なんかホッとしました。
いとう——しかしさ、せきしろ君の歌が「花冷え」で始まるとはね。トリッキーにきたよね。モテようとしてるでしょ。さっき、売れることはしないと宣言してたけども（笑）。
せきしろ——いえいえいえ……。
いとう——だって、「花冷え」は明らかに計算だもの。「白人は半袖」という笑いをもってくるための。
せきしろ——はい、すいません、計算しました。
一同——（爆笑）。
いとう——いい三十代を送ってますよ。こういうワザを無駄に積み重ねてるってのがね（笑）。

お題其の十六　四

午後四時は水戸黄門の再放送　相撲あるいは目を閉じ過ごす　せきしろ

けんけんの脚の形が4みたい　僕の娘で大事なんです　西加奈子

いとう――さーて。短歌連作大河ロマン、最終回の「四」ですよ。
西――せきしろさんの歌、最初のお題の「一」と同じく仰向けの世界の話やわ（笑）。
いとう――仰向けで蛍光灯を見てるうちに夕方になったんだ。
せきしろ――いままでの歌は全部夢だった、的なオチで（笑）。
いとう――しかし「四」をうまいところに持ってきたよね。「午後四時」。このやるせない夕日感がせきしろ君らしい時間帯だよ。そして「あるいは」が効いている。「水戸黄門」「相撲」と並べて「あるいは」。言葉遣いがいい。実際のせきしろ君もこうなの？　目を閉じるわけ？

せきしろ―― 閉じます。ていうか、いつも「午後四時」は何をすればいいのか、全然わからなくて。空白の時間帯なんです。

いとう―― 面白いのは、「一」のときと同じように、作者を隠して読んだときに「男の歌だ」とわかるところだよね。男じゃないと、この空白の世界観は詠めないんですよ。時間をもてあます圧倒的にバカな感じは男ならでは。不思議と、女はぼんやりしていても、何か意味ありげなことを考えているようで、時間が埋まる感じが出るんですよ。

西―― 確かにそうかも。ウチも「午後四時」を題材に小説を書いたことがあるし、寂しい時間帯やというのは同じように感じます。でも、ウチやったら泣けるようなドラマティックな歌にするかも。

いとう―― その傾向は西さんの今回の歌に出てますよ。せきしろ君の私小説に対して西さんはパパ目線の物語を構築してる。情景が浮かびます。ミニスカートをはいた我が娘が、夕暮れの路地でケンケンパーをやっている。片足立ちの格好が「4」の字になり、パパはそれを微笑ましく見ている。これが愛なんだよね。「4」になった細い脚を見ていることが愛。僕は愛を描写するのが苦手だから、こういう文句は出てこない。こういう情景は詠めても、下の句で西さんのような直球な思いを綴れるかというと、できない。僕だと、夕日の影が、とかヤらしいオチをつけるな、きっと（笑）。

せきしろ―― 僕も「大事」とか、こういう素直な言葉は書けませんね。

いとう―― 僕ら、基本的に同じ人種だからね。午後四時を空白に過ごす派（笑）。そういう人間には、そもそも直球の愛は歌えないんだよ（笑）。

**西**――でも、午後四時が埋まってる男ってどんな人なん？

**いとう**――たいがいの人はみんな仕事で忙しいんだよ（笑）。

**せきしろ**――僕以外は（笑）。

# 恋に落ちるには、最初はいろいろ見えんほうがエエ。

ゲスト

山里亮太さん（南海キャンディーズ）

芸人。豊富なボキャブラリーを駆使した鋭いツッコミが絶大な支持を得る。日本テレビ系『スッキリ!!』『ヒルナンデス！』、TBSラジオ『山里亮太の不毛な議論』『赤江珠緒　たまむすび』などレギュラー番組多数。

お題其の十七　傘

**首謀者は傘の最初に書いてある！　俺悪くない！　俺悪くない！**

西加奈子

**傘なしで走る佐川のドライバー見ながら躊躇せず傘を買った**

せきしろ

**西**——えーっと、山さんは……。

**山里**——それだと（『太陽にほえろ！』の）七曲署《ななまがり》の刑事になっちゃうんで、「山ちゃん」でいいですよ。

**西**——じゃあ山ちゃん（笑）。山ちゃんはせきしろさんと仲良しなんですよね。

山里――ラジオも一緒にやってますし、イベントもよく一緒にやらせてもらってますし。ねえ、もうすげえ仲良しですよ。狛犬阿《こまいぬあ》、狛犬吽《うん》の〝阿吽の仲〟っていうんですかね、僕らは。
せきしろ――ま、そんなとこだな。
西――実はウチ、山ちゃんと大学が一緒なんですよ。
山里――え!? 関大ですか?
西――そう、関西大学。しかも同い年。一九七七年生まれです。
山里――現役で入ってますよね? 僕、一浪なんですけど。でもほぼ一緒ですね。何学部ですか?
西――法学部です。
山里――えー! 僕、文学部。うわ、絶対にどこかですれ違ってますね。すごいなあ、奇遇だなあ。
せきしろ――お、なんかふたりともいい感じだな。付き合っちゃえば?
西――え!?(硬直)
山里――ほらほらほらほら! そうですよ、どうせ僕は『アンアン』の「セックスしたくない男第二位」ですよ。フンッ!
せきしろ――頑張れ、山ちゃん!
山里――で、西さん。お題が「傘」でどんなかわいい歌がと思いきや! あーたこれ、

「傘《からかさ》連判状」じゃないですか！　江戸時代の農民一揆のときの。
西——そう！　わかります？　現代の責任のなすりつけあいを表現してみたんやけど。
山里——ということは。心に闇を抱えてますね。
西——そうかなあ!?
山里——そうかなあって、傘連判状は一揆の血判状ですよ。誰が首謀者かをわからなくするために、傘に放射状に名前を書く、アレですよ。
西——でも、よく見ると誰が書き始めかわかるんよね、割と。
山里——学校の寄せ書きと一緒ですから。最初のヤツはキッチリ名前が入るんだけど、だんだんスペースがなくなって、最後のヤツは隅っこのほうから無理な角度で「頑張れよ」とか小さく書かざるを得なくなるんだよね。
西——そうそうそう（笑）。
山里——ていうか西さん、合コンで「犬」の古今東西やったら即「土佐犬」って答えるタイプですね。
西——なんでわかるん？
山里——悪いですけど、それじゃナンパされません、絶対に。
西——そうなん？　合コンって厳しいんやなあ。
山里——せきしろさんの歌は、佐川急便の「飛脚」が「躊躇なく傘を買う」せきしろさんをニラんでるのが目に浮かびますよね。「あっしらどんな気持ちで荷物運んでるかご存じでやんすか。雨が降ろうが槍が降ろうが、自分の命よりも荷物を大事にしてるでやんす。あんた一体その傘で何を守るもんがあるんでやんすか！」ってね。

せきしろ――（小声で）山ちゃん、好感度アップのためにもっとオシャレなことを言ったほうが！

山里――ほほー。カラフルなミルクレープのような短歌で……。

西――オシャレになった！　座布団あげる！

山里――それアタマに敷いて横になって少し寝ます。

## お題其の十八　放課後

**退屈だ角で激しくぶつかって入れ替わりたい君　中身だけ**
**西加奈子**

**放課後の玄関あの女子は僕を好き**
**だけど彼女には勇気がない　決定**
**せきしろ**

山里――「入れ替わりたい」かあ。西さんの歌、僕はその気持ちがよくわかります。たとえば、水嶋ヒロの結婚記者会見。アレ、観ました？

西――カッコ良かった！　めっちゃ素敵やった！　感動したわ。
山里――それこそ僕は「入れ替わりたい」と思いましたねえ。
西――水嶋ヒロに？
山里――いいえ、絢香に。水嶋ヒロにあんなふうに守ってもらえる絢香に、僕はなりたいんです。
一同――（爆笑）。
山里――廊下の曲がり角でごっつんこ。いやあ、カワイイ歌ですよ。この主人公は……？
西――毎日に退屈してる男の子が、出合い頭にぶつかった人と誰でもいいから入れ替わってみたい、と願う、そんな歌です。
山里――『転校生』ですね。古くは小林聡美、新しくは蓮佛美沙子が演《や》った、大林宣彦監督の青春映画のワンシーンだ。なるほどねー。もし僕が放課後を詠むとすれば……。
「退屈だ　優待券で観てきたよ　沖田総司はBカップ」。
せきしろ――牧瀬里穂の『幕末純情伝～沖田総司はBカップ～』か。それは退屈だ。
一同――（爆笑）。
山里――しかし、西さんの歌は、たった三十一文字でこの妄想力。燃費がいいですよ。エコカーですよ。プリウスみたいな短歌ですよ。……て『アンアン』読者用におしゃれなコメントを考えてみたんですけど。好感度アップに繋がってます？

せきしろ——山ちゃん、もっとおしゃれなことを言わなくちゃ。「マカロンみたいな歌」とか。

西——ま〜た適当な！

山里——対するせきしろさんの歌は、せつないセンチメンタルな歌に思えるけど、でも、右脳だけで恋愛を何十連勝もしてる僕らのような男子の「妄想恋愛歌」なわけですよね。

せきしろ——そういえば山ちゃん、長澤まさみ、どうなった？

山里——あ〜振っちゃいました。ガッキーと箱根に行くから。せきしろさん、多部未華子は？

せきしろ——ヤバい。あの娘、僕に惚れてるね。

西——ちょっと！　あんたら、頭ヘンやで！

山里——でもね、放課後の男子の八割方がこんな妄想をしてるんですよ。たまたま目が合っただけで「落ちた」と思っちゃう。両思いなのに結ばれないのは僕のせいじゃないと。

せきしろ——相手に「勇気がない」から付き合えないだけだ、って。

山里——そういう妄想は絆創膏《ばんそうこう》貼るだけじゃ治らない。ガムテープじゃないと止まらないんですよ。

西——傷口、膿《う》んでるで（笑）。

山里——もうグズグズです。

お題其の十九　めがね

**大丈夫お気遣いなくわたくしに足りないものは眼鏡だけです　西加奈子**

**メガネをかけると布団が見えた　あなたの毛布は雪だるま柄　せきしろ**

**山里**——ちょっと安直なんですけど、僕もせきしろさんも「眼鏡男子」ということで、お題「めがね」で詠んでください。

**西**——簡単なようで難しいお題やわあ。詠んでみたけど。私の歌、どう解釈しますか？

**山里**——あの、よく女の子で自分の彼氏を友達に紹介するとき「私は顔で選ばないから」って先に言い訳するコいるでしょ。そんで「いい人そうだね」って友達が言うと「眼鏡なくて顔はよくわからなかったの。気にしないで」って。そういう歌。違います？

**西**——あはははは（笑）。

**山里**——「人をルックスで選ばない」ことを説明するつもりがそんな言い方になっちゃってね。言われた彼氏はちょっと傷つくんですよ。でも僕、そういうぶっきらぼうなやさしさのあるアネゴ的な彼女、欲しいです（笑）。

**せきしろ**——僕はおせっかいな人に対する嫌みの歌かと思ったんけど。

**山里**——ありますね、それも。たとえばサウナ。おせっかいな人が「水分補給してるか?」とか「タオルは?」とかいろいろ世話を焼いてくるんですよ。でも「いえいえ、水もタオルも大丈夫です。唯一足りないものがあるとすれば、外の眼鏡置きに置いてきた眼鏡です」と。

**せきしろ**――それだ。サウナ短歌だ。

**西**――ふたりともオモロい解釈やわあ(笑)。でもホンマは夫婦愛の歌なんです。愛する夫が亡くなって、お葬式でみんなが心配してくれるんだけれど、「大丈夫。私に足りないのは眼鏡だけ」と妻が答える。つまり、眼鏡をかけていた旦那さんを深く愛していた妻の歌、なんです。実は、歌を最初に考えたとき、モデルは(横山)やすしさんで。「なくしたものは眼鏡だけであとは全部幸せだった」と、やすしさんの妻もきっとそう思ってるはず、と。

**山里**――ほほー! やすし師匠が「メガネ、メガネ」と床を探す、あのギャグがこんなドラマティックに! サスガだなあ。すばらしいなあ。

**西**――せきしろさんの歌はなんや意味深やわ。

**山里**――ヤらしいニオイ、プンプンしますよ。

**せきしろ**――山ちゃんもわかると思うけど、眼鏡をかけるとリセットされるんだよ。たとえば、夜に女子の家に行くとするじゃん。翌朝そのコの家で目が覚めて、眼鏡をかけてよく見ると……。

**山里**――「雪だるまの毛布か! しかも足元には怪獣スリッパが!」。

せきしろ——そういうコだったのか、と。軽く落ち込むんだよ。
西——あははは(笑)。恋に落ちるには、最初はいろいろ見えんほうがエエってことや。
せきしろ——……というのは嘘です。おばあちゃんちに行ったときの歌です。
西&山里——なんだよ〜!!

お題其の二十 アイドル

**あの娘らは小人妖精その類よく見ることがあるんですって　西加奈子**

**好きではなかったアイドルが死亡した日知らずに自殺しあとおいと言われる　せきしろ**

西——「アイドル」ってな、妖精とかが見えるコらがなれるんやないかと思うんやけど。
山里——ということは、水木しげる先生もアイドルですね。先生は「のんのんばあ」とかいろいろ見えてますから。あと、的場(浩司)さんもそうですね。エアコンの送風口に「小さいおじさん」を見たりしてますよ。すごいアイドルです、あの人も。
西——それ、妖精やなくて妖怪やん(笑)。

山里——しかしさ、本当にそんな「妖精その類」が見えるような、あるいは、それを本当に信じているようなコがアイドルでいてほしいと思うんだけど、最近はそれが「エア」になっちゃってるのが寂しい限りなんですよね。

西——見えてるふりってこと？

山里——そうなんですよ。

せきしろ——逆にその「エア」を売りにするコもいて、醒めるんだよね。そういう意味で、今いちばんアイドルっぽいのはモー娘。の久住小春じゃないかと僕は思うんだけど。

山里——僕はやっぱＡＫＢ48かなあ。

せきしろ——昔は「妖精見える系」のアイドルっていっぱいいたんだよね。「趣味、歯磨き」の山瀬まみとかはその元祖だったと思うんだけど。

山里——そういう意味で、西さんの歌は僕らアイドル好きにはとてもノスタルジックに響くんですよ。今はなき、古き良きアイドル像。だいたい、アイドルがエピソードトークをするときに「ぶっちゃけ」なんて単語を使ったらダメです。僕は認めない。アイドルの種明かしは罪ですっ！（と机を叩く）

西——そんな熱くならんでも……。

山里——で、せきしろさんの歌。これまた問題な歌ですな。

せきしろ——僕なりにメッセージを込めてみたんですよ。「自殺は絶対にダメですよ」と。

山里——確かに。好きじゃない人とかダサい人と命日が一緒ってシャレになんないもんね。

**せきしろ**――とかく人は決めつけるでしょう。「あの人が死んだ日だから後追い自殺だ」とか。

**西**――ホンマはちゃうのに、そんなん思われたら死んでも浮かばれへんな。死に損や。

**せきしろ**――だからこそ、安易に死んだらダメっ！（と机を叩く）

**山里**――万が一、命を投げ出すような瞬間が訪れたら、この歌を思い出したほうがいいですよね。「もしかしてアイツと同じ命日になるのか⁉ ダメだー！」。

**西**――足止まるよね。「くそー！ もっと生きてやる！」って。

# 安達太良山を見ながら『智恵子抄』を読んでたんだ。

ゲスト　ミムラさん

女優。二〇〇三年、ドラマ『ビギナー』でデビュー。ドラマや映画で活躍中。雑誌や新聞での書評やエッセイの寄稿も多く、著書に『ミムラの絵本散歩』がある。芸名は『ムーミン』の「ミムラ姉さん」に因む。

## お題其の二十一　休み

**ご予約の電話かけたら「かあさん？」て聞こえて切った日曜七時　西加奈子**

**学校を休んで聞いた風の音　昼ドラで母が泣く声も聞いた　せきしろ**

ミムラ――短歌というと、中学のときの林間学校を思い出します。

西――林間学校？　湖畔で五七五七七を詠んでたん？

ミムラ――普通はアクティブなことをするイメージがありますけど、私の学校はなぜか短歌を作ってたんです。だから今回は林間学校気分でおふたりの歌を拝見させて頂きます（ニコッ）。
せきしろ――……か、かわいい。
西――もう惚れてる！　アカンで。
せきしろ――……怒られた。
ミムラ――「休み」というと、私はいつも「ここからここまでガッツリ休む！」と決めるほうで。こういう仕事をしていると、休みと仕事が曖昧になってしまいがちだから、期間を決めないと休んだ気になれないんですよ。
西――わかるわー。ウチもずっと部屋で書いてる仕事やから。
せきしろ――僕は二十年ぐらいずっと休みっぱなしだけどな。
西――それは休みすぎやで！
ミムラ――西さんの歌、すごくドキッとしました。気になるのは何の「ご予約」なのかと……。
西――中華です。中国人が個人経営してる小さな店。店の電話やのに「かあさん？」って店の人が出て。お母さんから電話かかってくる予定やったのか、ウチは客として予約の電話を入れたんやけど、なんやアカンところに立ち入った気がしてすぐ電話を切ってしまった。そういう歌です。
ミムラ――なるほど。私は「日曜七時」にお母さんがいないって、何か切羽詰まった事情があるのかなと、ヒヤッとしました。

西——それもいいかも。実はお母さんが家出してる、とか。

ミムラ——せきしろさんの歌は、「風の音」と「昼ドラで母が泣く声」のギャップが面白いです。学校を休んでいる作者と昼ドラを観ているお母さんの温度差があって。短歌って、確固たるイメージを詠むものですか？　それとも漠然としたイメージを言葉にするんですか？

西——ウチはいつもストーリーがある。説明せんとわかってもらえへんぐらいの（笑）。

せきしろ——僕は一場面を切り取ってる感じです。しかも思い出す場面が中学や高校のことばかりで。年なんですかね。

ミムラ——ということは、「休む」というと、せきしろさんにとっては「学校」なんですね（笑）。

せきしろ——はい、その通りです！

西——いい加減に卒業しいや（笑）。

お題其の二十二　Tシャツ

# マルキューとサーティーワンと退屈を知っているのか胸のゲバラは

西加奈子

# 「Tシャツだ」「Tシャツだ」「Tシャツ！」「Tシャツだ！」Tシャツでこんなに盛りあがるとは！

せきしろ

ミムラ――「マルキュー」と「ゲバラ」かあ。渋谷のワサワサ、キラキラとした雑踏の中で、「これでいいのか？」とふと立ち止まって辺りを見回してる、そんな場面が浮かびます。西さん、胸にイチモツを秘めてるんですね（笑）。

西――そう。（チェ・）ゲバラがTシャツにされすぎて可哀想やな、と。Tシャツになるために革命を起こしたわけやないし、ゲバラの思想はマルキューで退屈してる女の子にも関係ない。Tシャツとかシールとかになってしまうと薄まるなって思う。記号化されることで、背負ってるものまで軽くしてしまうし。

ミムラ――本来の意味を無意味にしてしまう感じもありますからね。

せきしろ――ロックTシャツとかも同じだよ。

西――前に、「LOOK AT ME CAREFULLY」って書いたTシャツ着てる男の子がおって、なんかすんのかと思ってじっと見てたんやけど、何もせえへんかった（笑）。

**ミムラ**――私、そういう「間違い」が怖いから、いままでTシャツというジャンルは手をつけることができなかったんです。でも、この間、人生初Tシャツを買ってしまいました（笑）。

**西**――そうなんや！　どんなTシャツを買ったん？

**ミムラ**――ペンギンを保護するチームのTシャツです。買っていいものかどうか、ものすご〜く悩んだ末に（笑）。

**西**――Tシャツって、イコール「メッセージ」やからね。

**せきしろ**――僕もTシャツはたくさん持ってるけど、メッセージ性のないものを選んで着るようにしてる。だから買ったはいいけど一度も着ないTシャツもたくさんあって。この間、押し入れを見たら全部虫食ってたんだ（笑）。

**ミムラ**――あ、そういえば、もう一枚持ってました。（NHK『できるかな』の）ノッポさんに頂いたTシャツ。寝間着で愛用中なんですけども（笑）。

**西**――エエなぁ！　ノッポさんのTシャツ、ウチも欲しい。

**ミムラ**――ていうか、Tシャツの話で「こんなに盛りあがるとは」ですね、せきしろさん。

**西**――うわっ、ホンマや！

**せきしろ**――な、歌に詠んだ通りになっただろ（笑）。

**「東京に本当の空はないではどこに？　はい、智恵子さん！」「福島!!」で正解　せきしろ**

**空と海どっちが偉い？　ふわふわで暖かいからきっと猫だろ　西加奈子**

ミムラ――　せきしろさんのは「智恵子さん」がクイズ番組に出ている、ということですか？

せきしろ――　智恵子さんが早押しクイズに挑戦してるんですよ。

西――　智恵子さんってまさか……。

せきしろ――『智恵子抄』の智恵子さん。高村光太郎の愛妻の智恵子さん。

西――　冒瀆してるで、それ！

せきしろ――　いや、大丈夫。僕、『智恵子抄』が大好きだから。愛はあるんだ。

ミムラ――　正解の「福島」っていうのは？

せきしろ――　智恵子は福島の二本松で生まれたんですよ。で、東京で画家として活躍してたんだけど、やがて調子を崩して。そして、智恵子が故郷の空を恋しがって呟いたんですよ。「東京に空が無い」と。

ミムラ――なるほど。智恵子さんの気持ち、私もわかります。実家は埼玉ですが、空の青さが東京とは違うんですよ。東京から少し離れただけでもこんなに違うんだから、福島の空はそれは美しいんでしょうね。

せきしろ――僕、福島に住んでたことがあるんですよ。そのときよく、安達太良山《あだたらやま》を見ながら『智恵子抄』を読んで、智恵子の生家を訪ねてみたりしたんだ。

西――うわあ、ロマンティックやん。

ミムラ――ロマンティックといえば、西さんの歌もですよね。私も賛成です、猫好きなので。

せきしろ――僕も。

西――みんな猫派やん。

ミムラ――私、考え事をしてると、だんだんとそこから離れて、それこそ空とか海とか宇宙とか、大きなことに飛躍してしまうことが多々あって(笑)、「ああ、違う」と戻ってくるんです。西さんの歌にはそのカンジがします。思いが飛躍しているところに、足元に猫がすりよってきて「そうだ、空じゃなくて猫だった」と。

西――まさに、そんなミムラさんをイメージしてこの歌を詠んだんです。「秘密基地」でひとり、物思いにふけるミムラさんを想像して。

せきしろ――秘密基地?

ミムラ――私、自宅とは違う場所に秘密基地があるんです。

西——ウチ、おじゃまさせてもらったことがある。空がよく見えるとっても気持ちのいい部屋。一面芝生の絨毯が敷いてあるんよね。
ミムラ——今度改装するんです。次は空模様の絨毯にしようかと。
西——うわー素敵!
ミムラ——で、西さんは空と海、どっちが好きだと思いますか?
西——うーん……やっぱり猫が好き(笑)。

お題其の二十四　鉄

**サッチャーとでもできるよな女ならひどいあなたと私はしたい**　西加奈子

**寝てるのか　何か見てるのか　死んでるのか　鉄のてすりを枕にしながら**　せきしろ

西——「鉄」はミムラさんが出したお題なんやけど。なんで「鉄」なん?
ミムラ——鉱物好きなんです。私、子供のころの夢がジュエリーデザイナーで。石を採って研磨して、しかも面接してOKな人にしか売らない頑固職人みたいな人になりたいと(笑)。

西――変わったコやなあ。

ミムラ――ところで西さんの歌の「サッチャー」って誰でしたっけ?

西――知らん? イギリスの元首相で「鉄の女」と呼ばれてた……。

せきしろ――それ、ミムラさんには古すぎる話題だぞ(笑)。

ミムラ――あっ、思い出しました! あのサッチャーさんですね。

西――でね、そんな鉄の女でも「女やったら誰とでもヤれる」という酷い男なんやけど、「そんなあなたと私はしたい」、そういう歌です。

せきしろ――あらら、エロすぎるぞ。

西――お得意の官能短歌です(笑)。

ミムラ――そんな酷い男に惚れた、ということですか? 女子的な考え方からすれば、何かしら恋愛感情があるように感じるんですが。

西――違うの。女のほうも「ヤれたら誰でもいい」と思ってる。だから女も鉄っぽい人なの。

ミムラ――なるほど。西さん自身もこういうふうに思うことはあるんですか?

西――そういう女がおったら格好エエな、とは思う。どう?

ミムラ――うーん。こういう話題になると、とたんにシャイな二十五歳女子になってしまうので（笑）。

せきしろ――僕も全然わかりません。

西――せきしろさんはカワイコぶらんでエエわ（笑）。でも女は三十過ぎると性欲が強くなるらしいよ。三十させごろ四十しごろ五十……ナンヤラって数え歌があるやんか。

一同――（爆笑）。

せきしろ――西さん、一体いつの時代の人なんだよ。

ミムラ――しかしこうやって読むと、短歌ってストレートですね。この鉄の女の女性像、まざまざと感じます。様々な言葉で形容したり語り尽くした小説よりも直接的に感じますね。

西――確かに。そうかも。

ミムラ――対するせきしろさんの歌は、すごくセンチメンタルな情景が浮かびますけど。

せきしろ――公園のベンチで寝てる人のことです。昔、北海道から上京してきたとき、東京の公園にはそういう人がたくさんいることに驚いたんですよ。最初は、ちゃんと生きてるのかどうかもわからないから、発見するたびに警察に通報してたんだけど（笑）。

西――へえ！　律儀に電話してたんや。警察やって来たらどうしてたの？

せきしろ――物陰に隠れてソッと見守ってた。

ミムラ――シャイなんですね。

せきしろ――シャイな三十八歳男子です。

大仏の視線の先にあるものは
老婆の群れか土産屋の木刀か
せきしろ

釈迦牟尼の優しい顔は、残酷が
似合うだろうね「ここが最果て」
西加奈子

# 鎌倉へ吟行に出かけてみました。

お題其の二十五　大仏

大仏の視線の先にあるものは老婆の群れか土産屋の木刀か　せきしろ

釈迦牟尼の優しい顔は残酷が似合うだろうね「ここが最果て」　西加奈子

西さんとせきしろさんが短歌を始めて半年が過ぎました。短歌のウデも上がった（と思いたい！）ふたりは初めての吟行に出かけました。吟行とは短歌のインスピレーションを得るための旅。向かった先は東京から電車で約五十分、海の町デートの町の古都・鎌倉。まずは鎌倉名物、長谷は高徳院の大仏さま見学へ。

西――ぅわー！　おる！　大仏さんがおる！　ぅわー！

せきしろ――うれしそうだな。遠足の小学生みたいだ。しかし初めて鎌倉大仏を見たけど、なんか……。

西――なんか？

せきしろ――なんかさ、ハリボテみたいだよ。『元気が出るテレビ!!』のセットみたい。嘘くさいぞ。

西――そんなバチ当たりなこと言ったらアカン……でも、そう見えるわ（笑）。青空の下に座ってはるからそう見えるんかも。奈良の大仏さんは建物の中におるから暗くて厳《おごそ》かな感じがするけれど。

せきしろ――大仏、薄目開けてるよ。

西――あれは半眼っていうねんて。目を細くすることで世界を広く見る、世界を見渡している、ということらしいで。

せきしろ――こうかい？（大仏の隣に立って目を細めて見渡してみる）

西――どう、何が見える？

せきしろ――おばあさん、おばあさん、おばあさん。婆さんの群れと土産屋だ。

西――大仏さんも退屈やな（笑）。ある意味、これが「極楽の風景」かもしれへんけど。

せきしろ――おっ。なんか大仏の中に入れるみたいだぞ。アトラクションかい？

西——ホンマや！　入ろ入ろ！（と大仏の胎内に入るふたり）

せきしろ——洞窟みたいだ。

西——ヒンヤリしてる。せやけど、自分の胎内に人を入れるって、大仏さん、どんな気持ちなんやろ。なんや、受け入れすぎてると思わへん？

せきしろ——受け入れすぎ？

西——大仏さんって女性的なやさしい顔をしてるんやけど、怖い。残酷なこともすべて受け入れる顔に見えるんよ。なんていうか、万物の終着地点ですべてを受け入れる、すくい取ってる、そんな感じ。

せきしろ——（大仏から出て）おや、こっち（大仏の裏側）に庭があるよ。……おっ。アキコだ。アキコだぞ、アキコがある。

西——アキコ、アキコって……与謝野晶子の歌碑やんか。「かまくらや　みほとけなれど　釈迦牟尼は　美男におはす　夏木立かな　晶子」。へえ〜！「大仏さんってイケメンだと思うの、晶子は♥」って歌やね（笑）。みんな大仏さんの顔は気になるんや。

せきしろ——……どうだ？（再び目を細める）

西——せきしろさんがやると、寝不足の人にしか見えへん。

お題其の二十六　うなぎ

**肉よりも親密なのはウナギだろ**
**にょろにょろしよう　精をつけよう♥**
**西加奈子**

**うなぎだあ！　近すぎちゃってどうしよう**
**かわいくはないけどどうします？**
**せきしろ**

大仏さまや美しい庭園のある長谷寺などを巡るうち、いつしかお昼時に。腹が減っては歌も詠めぬと、由比ヶ浜の老舗《しにせ》『つるや』へ。昭和の名女優・田中絹代や文豪・川端康成など鎌倉の文化人たちが愛したといううなぎの名店です。

せきしろ――久々のうな重だ。
西――いただきますっ！（パクッ）　ウマっ！　外はカリッとしてるのに中身はフワフワ！
せきしろ――うむ。こんな柔らかい蒲焼きは初めてだ（モグモグ）。
西――そういえばさ、「焼肉を食うカップルは深い関係や」ってよくいうやん。でも、焼肉よりも「うなぎだろ！」って思わへん？　こんなニョロニョロしたもん食うんやで。

山椒《さんしょう》も振って、肝吸《きもす》いも飲んで、こんなん「精力つけるで！　食ったらヤるで！」って以外の何ものでもないやんか。（小声で）なあ、隣のカップル、絶対そうやと思わん？

せきしろ――なんだよ。西さん、欲求不満？

西――そういうワケやないけど。

せきしろ――あ、いい歌思いついた。ホントにホントにホントにホントにうなぎだぞ～♪　どう？

西――それ「富士サファリパーク」の替え歌やんか！

せきしろ――近すぎちゃってどうしよ～かわいくってどうしよ～♪

西――かわいくない。うなぎは全然かわいくない。ニョロニョロや。

せきしろ――かわいくはないけど～♪　……どうします？

西――あはははは（笑）。

せきしろ――『つるや』のCMソングをレコーディングしてた歌手がプロデューサーに確認してるんだ。「かわいくはないんですけど……どうします？」。

西――あはははは（笑）。ダメや。笑いすぎて腹が痛なってきた。……ちょっとトイレ行ってくる。（と廊下へ。するとガラガラドシャーンと大きな物音が）

せきしろ――なんだ！　どうした!?

西――（慌てて戻ってきて）壊しちゃった！　精力つきすぎてトイレの扉、おもいっきり引いたら戸が外れた！　そんで……（小声で）トイレにいはった！　隣のカップルの彼氏、座ってはった！　大仏さんみたいな半眼で座ってはって、目が合った！　どうしよう！

せきしろ――どうします？

西――早うここ出よう！

お題其の二十七　江ノ電

**明日から猫が残らず乗ればいい　まあるくなって私を笑え　西加奈子**

**江ノ電に乗ったから始まったこと　乗ったがために起こったことも　せきしろ**

美味しいうなぎを頂いたあとは、由比ヶ浜から江ノ電に乗って江の島へ。江ノ電は鎌倉と藤沢の間、全長十キロを結ぶ単線の小さな電車。家と家の間をすり抜けながら、海辺を走る、とてもロマンティックな電車なのです。

西――風情のある電車やね。

せきしろ――そう？　ただの電車じゃん。見回せばあっちもこっちも婆さんばっか乗ってるし。
西――えー！　もっとロマンティックなこと考えようよー。
せきしろ――たとえば？
西――たとえば……。猫たちが大挙してぎゅうぎゅうに乗ってたらええなあ、とか。
せきしろ――猫？
西――江の島には猫がたくさんおるねんて。観光客も多いし、釣り客は魚をわけてくれるし、千匹ぐらいはおるらしい。その猫たちがまあるくなってみんなで江ノ電に乗ってる。そんで「明日から仕事せなあかんなあ」とか「明日から学校があっていややなあ」とか考えてる乗客たちを「ふふん」と見渡してるねん。
せきしろ――しかし「明日から学校」とか、そういう気分、もう何十年も味わってないな。今じゃ毎日が日曜日だからな。
西――あ、「鎌倉高校前」駅だ。真っ正面に海！　いい駅やね。
せきしろ――ここ、よくドラマのロケとかで使われてる駅なんだろ。
西――ホンマええ場所やね。好きな先輩を海を見ながら駅で待つとか、ええなあ。やってみたかった。
せきしろ――そんで、江ノ電で恋が始まったりするんだろうな。今日この電車に乗ったがために……とか。向かいのこの席に座ったがために……とか。

**西**――そうや。この小さな電車の空間はいろんな恋の可能性に満ちているんや。

**せきしろ**――でも、今の僕にはそんな可能性はもう一ミリもない。第一、高校生じゃない。通ってる学校もなければ下駄箱もない。もうすぐ四十になってしまうし、向かいに座ってるのは婆さんばかりだし。そんな初々しい恋にはもう二度と出合わない。ああ、思いっきり切なくなってきた。

**西**――また高校時代の後悔?

**せきしろ**――当然だ。もっと部活を頑張ればよかったとか後悔は山のようにあるんだ。あー切ない。

お題其の二十八　海

**由比ヶ浜秘密にしてたあんたには　想い出が、多すぎるのだ**

**西加奈子**

**耳にあてる貝ガラをさがしまわる　丁度良いのがないからやめる**

**せきしろ**

ぶらり江の島に到着。ふたりは海岸を散策し、江島神社でお参りし、江の島のてっぺんにある展望灯台で、相模湾と湘南の町を一望。最後は「海」をテーマに一首詠むことに。

西——ウチの歌、どう思う?

せきしろ——「想い出が、多すぎる」か。さっきも言ったけどさ、年を取るって、想い出が増えていくってことなんだよ。この年になって身にしみてわかるようになったんだ。たまに昔のことばかり想い出すことがあって、ものすごく悲しくなることがあるんだよ。

西——そんなせきしろさんみたいな男の人をイメージして詠んでみたんよ。デートで来た鎌倉の海で彼は彼女にこう言うの。「秘密にしてたけど、海は想い出が多すぎるから辛いんだ」と。大好きなコやし大切にしたいコやから言っとかなあかんと彼は思って、彼女に「秘密」を告白するの。

せきしろ——僕もすごい秘密を教えてあげようか。

西——何?

せきしろ——今日、鎌倉歩いて江の島歩いてさんざんあっちこっち歩いただろ。

西——うん。楽しかったな。

せきしろ——実はな、大仏見たところで僕はもう疲れてたんだ。

西——はあ?

せきしろ――あそこが体力の限界だった。本当はもう歩けないんだ、これ以上。

西――あはははは(笑)。体力なさすぎ!

せきしろ――もう腰が痛くて痛くて。年だな、ホントに。

西――せきしろさんの海の歌、とっても美しい歌に思えるけど。

せきしろ――だろ(笑)。僕、海に来ると貝殻を探したくなるんだよ。さっきもその辺で探してみたんだけど、きれいな貝殻が落ちてなくて。まあ、いいか、と。それだけの歌なんだけど。

西――そうか。ウチはこれ、ダブルミーニングやと読んでた。「耳にあてる貝ガラ」は「自分が本当に大切にしたい人」とかそういうことかと。

せきしろ――じゃ、そういう歌だということにしよう……っていうかさ、ここは一体なんなんだよぉ! ちょっと、いや、相当怖いぞ!

西――展望台やで。江の島の展望台。素敵やん! 眺めいいやん! 海が三百六十度見えるし、ほら、あっちには富士山、町の向こうにはかすかに新宿の高層ビル群も。あれ? せきしろさん、もしかして高いの苦手なん?

せきしろ――お……う……(窓に近づくもすぐに離れる)っとっとっとっと。

西――ウチも高所恐怖症気味やけど、ここは展望台の中やから平気やで。ガラス張りになってるし。絶対に落ちるわけないやん。

せきしろ――いやいや、わからん。どうするんだ、この窓枠が突然外れたりしたら。

西——ほーら（背中を押す）。
せきしろ——うわぁぁぁぁ！

由比ヶ浜　秘密にしてた　あんたには
想い出が、多すぎるのだ

西加奈子

耳にあてる貝がらをさがしまわる
丁度良いのが　ないからやめる

せきしろ

## 短歌で遊んでみました。吉祥寺『ルノアール』にて。

お題其の二十九　もみじ〔返歌〕

さようなら　あんたはなんで掌に赤いもみじをかくしていたの　　西加奈子

もみじかなもみじじゃないよカエルだよ　赤いカエルをかくしていたの　　せきしろ

鎌倉吟行に続き、今回も違った角度で短歌を楽しんでみようということで、「返歌」や「折句」などに挑戦してみました。まずは「返歌」から。「返歌」は歌に対して歌で返す様式。当初は、ひとりが上の句の「五七五」を詠み、もうひとりが下の句の「七七」を詠む「付け句」にもチャレンジしたんですが……。

西——ウチ、ここ（『ルノアール』吉祥寺店）来るの初めて。ていうか、前も言ったけど、普段から喫茶店に行かへん。習慣がないから。

せきしろ——大阪には喫茶店がないんだろ？

西——そんなことないよ！　前も焼き鳥を一緒に食べたとき「大阪にはないだろ」って言ってたけど、焼き鳥も喫茶店も大阪にあ・り・ま・す！

せきしろ——うわ、怒られた。

編集部——では始めましょう。まずは「付け句」。テーマはせきしろさんも大好きなここ「ルノアール」でいきます。

せきしろ——よし。まかせろ。

西——自信満々やな。ほなウチが上の句詠むよ。「お冷《ひや》まだ　おしぼりもまだ　きみもまだ」。

せきしろ——じゃあ、こう続けよう。「おしぼりはきた　次はお冷か」。

西——堂々巡りやん（笑）。せっかく上の句で恋愛を匂わせたんやから、もっとロマンティックな下の句にできひんの？

せきしろ——じゃあ「ジーンズメイトの　裾上げもまだ」。どうだ。

編集部——はい、じゃあ「付け句」はボツということで。

せきしろ——なんでボツにするんだ！

編集部――（無視して）「返歌」いきましょう。テーマは「もみじ」で。西さんから先に詠んで、せきしろさんがそれに返す、ということで。

西――できた！　どう？　これ別れの歌やねん。ふたりがそこの（吉祥寺の）井の頭公園で別れ話をしてて、彼氏はツラくてギュッと拳《こぶし》を握り締めてて、手のひらがもみじの葉みたいに真っ赤になってる、そんな歌。

せきしろ――なるほど。

編集部――ではせきしろさん、返歌を。

せきしろ――……もみじ……もみじ……もみじかな、もみじじゃないよ、カエルだよ……。

西――カエルじゃないよ、アヒルだよ……。って「かわいいコックさん」の絵描き歌やん！

せきしろ――いや、彼氏の照れ隠しなんだよ。本当はもみじを握ってるんだけど、もみじを持ってるなんて恥ずかしいから、「カエルだ」と言い張ってる。

西――出た！　ややこしい男！

**紅い葉を両手にかかえ立っている　葬式の黒さに負けぬよう**
**せきしろ**

**泣かないで　白い煙に流されるわたしの声とあなたの紅《あか》と**
**西加奈子**

せきしろ――なんか納得いかないな。僕が詠んだ歌にも西さんが返してくんないとフェアじゃない。
西――ええよ。じゃあ詠んで。今度はウチが「返歌」するし。
せきしろ――よしリベンジ（と短冊をながめる）。って、そう簡単には詠めないんだ（ブッブッ）。もみじ……もみじ……紅葉……（五分後）できたぞ！
西――うわあ、悲しい歌やわ。これは誰かの葬式に行ったときの情景、ということ？
せきしろ――そう。その人が死んだことを認めたくない、最後の抵抗をしている、そういう歌だ。
西――そっかー。これに返事か。
せきしろ――返事くれ。
西――よーし（と考え始める）。
せきしろ――僕はもう一首。えーっと……。煙草……消し忘れた煙草……回り続けるレコード……。

西――泣かないで……。

せきしろ――泣〜かないで〜♪

西――抱き寄せてしまうから〜♪ってそれは舘ひろしの歌！

せきしろ――た・ち・ひ・ろ・し。五文字だ。短歌っぽいぞ。

西――よし、返歌できた！

せきしろ――どれどれ……。ほー。

西――どう？「泣かないで」と言った「わたしの声」と、あなたが持っていた「紅い葉」が、火葬場の「白い煙」とともに風に流されていく、そんな情景を詠んでみた。

せきしろ――きれいな歌だ。グンと文学的になった。

西――せやろ。ウチ、やればできる子やねん。フフフ。

編集部――ところでせきしろさん、これは誰の葬式ですか？

せきしろ――そこは読む人の想像で。まあ、僕的にはマイケル・ジャクソンだな（笑）。

お題其の三十　カキフライ〔折句〕

**貸していた救急箱に膨らんだラ・ロシュフコーの命があって　西加奈子**

**「髪切った？」きいたよタモリが不用意に**
**ラモスは言った「いいえ切ってません」　せきしろ**

上の句と下の句をそれぞれが詠む「付け句」（ボツりましたが）、それぞれの歌に歌で返す「返歌」、最後は「カキツバタ」こと「折句」に挑戦してみました。

せきしろ――折句？　なんだそれは。

編集部――有名なのは『伊勢物語』の在原業平の歌。「唐衣　きつつなれにし　つましあれば　はるばるきぬる　旅をしぞ思ふ」。句の頭をとると「かきつはた」。カキツバタという花の名前になる。そういう短歌遊びなんですよ。

西――歌の中に別の意味の言葉を織り込む、ってことやね。

せきしろ――大喜利で言えば「あいうえお作文」ってことだな。

編集部――では、せきしろさんの著書『カキフライが無いなら来なかった』にちなんで、句頭が「カキフライ」となる歌を詠んでみましょう。

西——か……か……。うーん……。

せきしろ——か……関係ないね……き……恭兵が言ったよ……ふ……。

西——振り向きざまに（笑）。

せきしろ——か……カンカンが……き……来たぞ日本に……ふ……震えが止まらない……。

西——誰やの「カンカン」って。

せきしろ——知らない？　日本に初めて来たパンダだぞ。震えが止まらないくらい当時の子供たちはうれしかったんだ。

西——いつ来たん？

編集部——えー、雄のカンカンと雌のランラン、一九七二年、中国から上野動物園に来たんです。

西——そうなんや。

せきしろ——田中角栄の時代の話だ。って何でいまさら日中国交正常化を詠まなくちゃならないんだ。

西——ら……。「ら」はムズいな。あ、ラ・ロシュフコー！

せきしろ——誰だそれ。

西——フランスの文学者。人間観察が好きな人で、十七世紀のせきしろさんみたいな人なんやねん。「人はふつう誉められるためにしか誉めない」とか、そんな名言を数多く残した人。よし。できた!

**せきしろ**――どれどれ(西さんの歌を読む)。……なんだい「救急箱」って?

**西**――救急箱は人生の、ロシュフコーは哲学のメタファー。結局、人間なんて救急箱に収まってしまうぐらいのことしか考えてへん、そういう歌。

**せきしろ**――ほー。よくできてるな。

**西**――せきしろさんはできたん?

**せきしろ**――ちょっと待って。今作るから。か……か……髪切った?

**西**――それタモリの口癖やん(笑)。

さようなら　あんたはなんで　掌に
赤いもみじを　かくしていたの
西加奈子

「髪切った」きいたよタモリが不用意に
ラモスは言った「いいえやってません」
せきしろ

# 短歌を読むと、その人の脳みその中が透けて見えるよう。

ゲスト
光浦靖子さん（オアシズ）

芸人。一九九二年、大久保佳代子さんとのコンビ「オアシズ」でデビュー。『めちゃ×2イケてるッ！』などレギュラー番組多数。手芸作品とエッセイの『子供がもらって、そうでもないブローチ集』が好評。

お題其の三十一　体育館

集会と太極拳と投票日　体育館はきっと不本意　西加奈子

ボールのはねる音が思った以上に大きいからあわてて止めた　せきしろ

先輩ににらまれながら倒立前転ああこのマットはゴム臭い　光浦靖子

光浦――短歌の（歌人の）穂村弘さんって素敵な方ですよね。

西――今文化系女子に大人気ですもん。タイプですか？

**光浦**――同じクラスにいたら気になるでしょうね。私、素敵な男子を発掘するのが大好きで。よく見ると美男子だわ、とか。穂村さんはそういうタイプ。でも、私は絶対にしゃべりかけないし何もしないんですよ。で（相方の）大久保（佳代子）さんにオススメしたりする（笑）。

**一同**――（爆笑）。

**光浦**――しかし短歌を詠むのは初めてなもんで、考え始めるとキリがないですね。五七五……（十分後）よし、これでいいかな。できました。

**せきしろ**――僕も。

**西**――ウチの歌、意味わかる？

**せきしろ**――見せてみろ。

**西**――体育館って体育以外のことで使われてるのが可哀想やと思うねん。少子化で最近は子供が使うことも少なくなってるみたいやし。

**光浦**――ほー。西さんはやさしい人だ。体育館側になって考えるんだね。私なんてただのハコとしか考えてないもの。

**せきしろ**――警察もよく使ってるよ。下着とか並べたりしてさ。

**西**――泥棒の押収品。並べてる（笑）。

**光浦**――せきしろさんのは、高校時代の想い出、ですか？

**せきしろ**――いや、こないだ選挙で近所の体育館へ行ったんですよ。

西――投票行ったんや。偉い！

せきしろ――いや。投票はしてない。単に、久々に学校の中に入ってみたいなと思ってさ（笑）。で、体育館に入ったらボールがあって。思わず触ってみたら……。

光浦――意外と大きな音が出ちゃって、アワアワ慌てちゃったんだ（笑）。

西――ていうか投票しいや。せきしろさん、何歳やねん。

せきしろ――はい、もうすぐ四十になります。

一同――（爆笑）。

西――光浦さんの歌こそ高校時代の苦い想い出を感じる。特にこの「先輩」という言葉、高校の部活を彷彿《ほうふつ》させます。でも「倒立前転」かあ。何の部活ですか？

光浦――実は小学生のときの思い出です。私、体操部に入ってまして。小学生のくせに女子の先輩がスパルタで。倒立前転のやり方を教えてくれないのにやらされて。案の定、背中をバーンッと強く打ちつけて。マットの匂いを吸い込んだらもう、ゴム臭い！

西――冷静に匂いを嗅いでるところが笑えます（笑）。

お題其の三十二　本

**お隣のサラリーマンがのぞいてる　うとうと気持ちいページを閉じねば　光浦靖子**

**本の上に置くためのレモンがない　ここに来る途中食べたからだ　せきしろ**

**古本に赤線「鰐は思うよりずっと大きい」　こいつがすきだ　西加奈子**

**光浦**――「本」かあ。私、寝ながら読書するのが大好きで。活字を読みながらフーッと眠りたいんですよ。夢と物語がごっちゃになる感じが好き。でも、子供のころに親によく注意されたせいで、いまだに仰向けの姿勢で本を読むと目が悪くなると思い込んでる。だから横を向いて読むんですけど、横を向くとやたらとメガネがズレて困る。……という状況を歌にしたいんですけど。

**西**――そりゃ難しいわあ（笑）。

**光浦**――……（十分後）できた！　頑張りました。詠みましょうか。（抑揚をつけて歌を発表）

一同――（爆笑）。

西――「気持ちい」がかわいい。どこかの方言みたい。

光浦――「気持ちいい」だと字余りになるから縮めてみました。

西――何を読んでたんですか？

光浦――『ガラスの仮面』です。電車で。気持ちよくなって寝ちゃって。そしたら隣の人が覗いてて。寝ながらも「見てんなー」ってわかってたから、「閉じなきゃイカン」と思うんだけど、眠さが勝ってしまって、ウニャウニャ……って（笑）。

西――気持ちいい瞬間ですよね。

光浦――せきしろさんの「レモン」は梶井基次郎の『檸檬』ってことですよね。

せきしろ――そうです。オマージュです。

光浦――なんか文豪をリスペクトしつつ、小バカにしてるようでもあり（笑）。

西――『檸檬』って、梶井基次郎が丸善へ行って、自分が積み上げた画集の上にレモンを置いて立ち去る話でしょ。あれ、レモンを時限爆弾に見立ててたんよね。

せきしろ――らしいね。でも僕は「食べた」。

西――悩みねぇんだ（笑）。

光浦――西さんの「古本に赤線」は、前の持ち主の考え方にYESってことなんだよね？

西――そう。前に買った古本で「モチベーションを保つ」って文章に赤い線が引いてあったことがあって。そんな所に線を引く人よりも、もっとこう「鰐《わに》は思うよりずっと大きい」とかって文章に引いている人が私は好きやなあ、と。

光浦――西さんってやっぱいい人。正々堂々としとるね（笑）。

## お題其の三十三　おしゃれ

**このTシャツのまま死ぬことはできない**
**着がえるまでは生きるしかない**
**せきしろ**

**「自然体」流行につき只今「無造作髪」鋭意作成中**
**西加奈子**

**80's生きてきました私ですが再ブームはどうでしょう**
**光浦靖子**

光浦――今回は私がお題を出しましょう。「おしゃれ」でいきましょうかね。

せきしろ――……はい、できました。

光浦――あははは（笑）。こりゃ大変だ。

西――Tシャツごときで（笑）。

せきしろ――太宰治の『葉』っていう短編と一緒。正月に麻の着物をもらったのでそれを着ることができる夏までは生きよう、という話なんだけど。

西――死ぬ間際に着てたら後悔するTシャツってどんなん？

せきしろ――『元気が出るテレビ!!』のTシャツとかだな。

光浦――逆にいいよ！　伝説になるよ、そのTシャツで死んだら。

一同――（爆笑）。

光浦――わかる！　西さんの歌、よくわかる。よくわかる、その気持ち。

西――もー、めっちゃイヤやねん。服もあるもん着てきたふうを装ってるとか、そういう「無造作おしゃれ」がイヤ。ホンマにあるもん着てきてないし、頭は寝ぐせふうなだけやし。でも騙される。ウチ、無造作にはコロッと騙されるねん（笑）。

光浦――無精ひげも三割増しに良く見えるんだよね。気を使って伸ばしてるのはわかりつつ、でも惹かれちゃう（笑）。

西――光浦さんのは最近の八〇年代ブームへの苦言（笑）。アレですよね、モンペみたいなサルエルパンツとかサッシュベルトとか。

光浦――私は八〇年代に小中高を過ごしてるからわかるんだけど、今のブームって、私が高校生のころの八〇年代後期～九〇年代のボディコンへと向かう途中のやつ。もう、当時でさえ、そういうお姉さんたちの格好を見てヘンだな、と思ったのに。だから、今の復活も断じておしゃれじゃない！

せきしろ―― 僕も光浦さんと年がほぼ一緒なんで、その感覚はすごくよくわかります。あの時代に思春期を過ごしたから、恥ずかしさも一緒に思い出してイヤになるってのもあるんですよね。

光浦―― 確かに。気恥ずかしいです。私も田舎でパステルカラーの服、着てましたもん。でもどう振り返ろうと八〇年代はおしゃれじゃない。だから復活しちゃだめ。声を大にして言いたい！

## お題其の三十四　逃げる

**おとめ座の俺さそり座のお前と逃げようずっと空まで空まで**　西加奈子

**逃走中に見える風景は美しく枯れ草の色さえも鮮明に**　せきしろ

**逃げに逃げ逃げ逃げつづけたら閉じるだけ言い訳だけはうまくなった**　光浦靖子

光浦―― 自分で詠むのは大変だけど、人の歌って面白いよね。脳みその中が透けて見えるようで。

西——人となりも出ますしね。

光浦——西さんの歌、ロマンティックだわ。これは、中学生カップルの一晩だけの駆け落ち的な？

西——今回は特にそういうストーリーは考えてなかったです。「空に逃げる」という言葉が最初に浮かんで、それやったら星座がいいかな、と。おうし座、ふたご座、いろいろ考えたんやけど、でも、「おとめ座」と「さそり座」がいちばんしっくりくるかな、と。あと、男やのに「おとめ」というのも面白いかな、と思って。

せきしろ——そうなのか。織姫とひこ星的な、一生出会えない星座、ということかと思った。

西——ああ！　それいいなあ。そういう歌にすればよかった。

光浦——せきしろさんの歌、共感します。最近は私も逃げてばかりなもんで（笑）。

せきしろ——仕事をすっぽかしたり、何か悪いことをしたときって、周りの景色が異様に美しく見えるんですよ。車窓の風景とか見てるだけで悲しくなって。で、すごく反省をするんですよ。なぜこんなことをしてるのか、と。

光浦——でも私の場合、それでもまだ自分に言い訳をしたいもんだから、逃げてるくせに「ここに来たからこんなに美しい花を見ることができた」と正当化しようとするんだよねえ。

せきしろ——西さん、この気持ちわかんないだろ。逃げたりしないもんな、君は。

光浦——へー！　逃げないんだ⁉

西——気が小さいだけです。気が小さいから逃げられへんのです。だから、原稿とか絶対に遅れられへんのです（笑）。光浦さんの歌、「逃げつづけたら閉じるだけ」がポイントですよね。

光浦——最終手段です。ネタに詰まったとか、舞台の稽古がうまくいかないとか、すると「逃げに逃げて」最後は反省もせず目と耳を閉じて「オフ！」。猛省してます。西さんは「オフる」ことは？

西——それはあります。仕事中に頭がゴチャゴチャすると、オフってめっちゃ料理します。

光浦——私は寝ます。ていうか、毎日十時間寝てるんです。もうダメ人間ですよね（笑）。

西——え？　そんなん普通ですよ。ウチ、毎日十三時間寝てますよ。

せきしろ——そんなに寝てんのか！

光浦——私より上手《うわて》だわ（笑）。

# 顔を白塗りして安全ピン刺して。

ゲスト ―― 星野 源さん

俳優、音楽家、文筆家。学生の頃より音楽活動と演劇活動を行う。著書に『そして生活はつづく』『働く男』『蘇える変態』など。俳優として、第三十七回日本アカデミー賞新人俳優賞などの受賞歴がある。

お題其の三十五　生活

フロそうじトイレそうじをする予定　立ち上がりつつマンガ読むかな　星野源

「生活」は「慮る」の読み仮名のよに背負えまい　俺今四十　西加奈子

隣の部屋からアラームがきこえる今日もとめない　死んでいるのか　せきしろ

西――「生活」ってお題は星野さんが考えてくれはったけど。これはなぜですか？

星野――日々の生活が苦手で。

西――（机の上のお菓子箱に手を伸ばす）これ食べよっと……。
星野――中でも特に洗濯が苦手なんです。
西――……なんや硬そうなクッキーや。
星野――でもそれを書けば楽しくなるかな、と「生活」をテーマに『そして生活はつづく』というエッセイを書きまして、それが本になりまして……。
せきしろ――……そっちより、こっちのマドレーヌのほうがいいぞ。
星野――なんかこう、みなさん、お菓子選びに夢中ですよね。
西――あーごめんなさい（笑）。
せきしろ――で、星野君、何だっけ？
星野――おい!!
一同――（爆笑）。
西――星野さんのは、自身の「生活」が手に取るようにわかる歌ですね。
星野――掃除しようと思っても、すぐに漫画読んじゃう。だから全然掃除ができないんです。
西――ウチは整理整頓好きやから、掃除の途中で漫画読むような人にすごく憧れがあるんです。
せきしろ――整理整頓!? すごいな。でも掃除なんて、かゆくなったらするもんじゃないの？

星野——人のこと言えませんけど、それはしなさすぎですよ（笑）。

西——ウチの歌はどう？　意味わかる？

星野——「慮る」って？

西——おもんぱかる。相手を思いやること。つまり、「慮る」って一文字やのに読み仮名を「おもんぱか」と五文字も背負ってるすごい字やけど、生活を背負うことのできない四十男もいる、そんなダブルミーニングの歌です。

星野——なるほど。

西——星野さんは、たとえば付き合ってる人とか、相手の生活を背負うことってできます？

星野——結婚ということになれば、覚悟して背負いますかね。

西——生活ってロマンスからは遠い存在やから、背負えない人というのは、ピーターパンのような人なんやと思うけど。

星野——それはたとえば、せきしろさんのような人ですか？

せきしろ——え？　僕？　背負わないぞ。

西——ここにいたわ。この歌、せきしろさんに捧げる（笑）。

星野——せきしろさんの歌、これ、自分も同じ経験がありますよ。昔、六畳一間に住んでたときにセックスの声が聞こえてきて、ああ生きてるな、と。でもコトが終わってすぐトイレで小便する音がしてきて。この男はダメだな、と思いました。

西——まさに背負えない男の生活の音。なあ、せきしろさん。
せきしろ——僕、そこまで酷くないぞ！

## お題其の三十六　眠る

**よくわからんよくわからんがもう寝れる**
**寝れるっつうのにマンガ読むかな**
**星野源**

**まだ寝れるもう起きようかまだ寝れるか　今こそまさに決断の時**
**せきしろ**

**話してもパフェを食べても眠いのん油断ちゃいます恋心です**
**西加奈子**

西——星野さんの歌、さっきの「生活」の歌が「マンガ読むかな」ってオチやったけど、これもや（笑）。
星野——漫画ばっか読んでるんですよ。

西——今は何を読んでます？

星野——『ひぐらしのなく頃に』。怖い話なんですけど、読まずにはいられなくて。眠くて眠くてしょうがなくても読みながら寝る。でもそうすると記憶に残らないから、次の日また同じところから読んだりするんですけど。

西——せきしろさんも漫画好きやもんな。……あれ、せきしろさん、起きてる？　寝てんちゃう？

せきしろ——（ハッとして）＆％＄……。

西——何言ってんの。起きて！　お題を体現せんといてな！

せきしろ——はい。

星野——せきしろさんの「もう起きようかまだ寝れるか」、すごくよくわかります。まさに今朝「決断」し損ねて、寝坊しそうになったんで（笑）。

せきしろ——見極めが難しいんだよね。

星野——家を出る一時間前には目覚ましをセットするんですけど、結局「まだ寝れる」とかゴチャゴチャ考えてようやく三十分前に布団から出るんですよ。

せきしろ——でも僕、家を出なきゃいけない時間に目覚めることも多いからな（笑）。西さんはしっかりしてるから、そんな経験ないだろ。

西——ウチ、イヤになるくらいしっかりさんやから。家出る三時間前には起きる。パチッと目が覚めるもん。

せきしろ――何だと!? 何してるんだ、そんな早く起きて。
西――身支度してからちょっとしたエッセイを書いてみたり。
せきしろ――ちょっとしたエッセイ!?
西――ええやん! どうせウチはガリベンちゃんやの!
星野――西さんの歌は、あざといですね。「眠いのん」の「のん」が萌《も》えポイントで。
せきしろ――短歌に大阪弁が入ってると、なんかハッとする。
西――ウチな、デートとか散歩の途中とかでも突然ガクッと眠くなることがあるねん。たぶん、ナルコ……ナルコプレシーやと思う。
星野――ナルコ……プレシー?
西――突然眠くなる病気で……。
せきしろ――それは「ナルコレプシー」じゃないのか。
西――あ、そう、それ(笑)。ウチそれやと思う。ちゃぶん。
星野――……ちゃぶん?
せきしろ――西さん、早起きしすぎで脳がもう寝てるぞ。
西――アンタに言われたないわ。

お題其の三十七　バンド

**教室でドラムを叩くマネしてるあの人はバンドやってません**
**せきしろ**

**垢が出たって洗わねぇ千葉南部盛りあげる俺放蕩べーす**
**西加奈子**

**対バンの相手のリハを聴きながら楽屋で一人でマンガ読むかな**
**星野源**

**せきしろ**——星野君のバンドって、シャケロックだっけ？

**星野**——違います。「鮭」じゃなくて「酒」、サケロックね。知ってるくせにそうやって言うんだから（笑）。そういえば、せきしろさんも高校時代にパンクバンドやってたんですよね。

**西**——えー！　そうなん!?

**星野**——顔を白塗りして安全ピン刺して。

**せきしろ**——北海道の高校生だから情報がなくて。ポジパンとかハードコアとかわからず全部混ぜてしまったんだよね（笑）。

**星野**——バンド名なんでしたっけ。

**せきしろ**——傷害致死。

**一同**——（爆笑）。

**せきしろ**——猟奇的な怖い名前のつもりが、よく考えたら「そのつもりはなかった」という意味だった。

**西**——あはははは（笑）。そのつもりはなかったって（笑）。ダメや。アカン。笑いが止まらへん。ツボに入ってしまった（笑）。

**星野**——せきしろさんの歌に出てくるこういう人いたなー。自分もよく机を叩いて「誘いドラム」してました。いつも乗ってくるのはドラマーじゃない奴で（笑）。

**せきしろ**——え？　星野君は、高校時代はドラマーだったの？

**星野**——そうです。小学校からドラムをやってたんです。小さいころから落ち着きのない子供で、いつも食器とか叩いてたから親に「ドラムをやりなさい」と勧められ。

**西**——へえ。高校時代はどんなバンドをやってはったんですか？

**星野**——友達のバンドにパーカッションで参加して。スカパラのコピーなんかをやってました。

**西**——うわー、おしゃれー！

**せきしろ**——星野君、それズルいよ。僕みたいに「はき違えて」ないのはズルい。

**星野**——十分はき違えてますよ（笑）。西さんの歌は……。これは、昔バンドマンのホームレスが地元に戻って、ホームレス仲間とバンドを組んで、みたいなことですか？
西——ホームレスって！
せきしろ——僕もそう思った。だって「放蕩」で「垢が出たって洗わねぇ」んだろ？
西——ちゃうちゃう（笑）。これはな、バンドやろうぜって盛り上がってる無邪気な中学生の話。体を洗わないのはそれがロックやと思ってるからやの。
星野——「千葉南部」っていうのも、なんかロック感ありますね。
西——星野さんの歌、また漫画読んでる。対バンどうでもええんや（笑）。
星野——いや、もう、スキあらばすぐ漫画読んじゃうんで。
せきしろ——余裕だなあ。やっぱズルい、星野君は。左利きだしドラムもギターも上手いし名前もカッコいいし。
西——初バンドもスカパラやしな。で、せきしろさんのバンド名は？
せきしろ——傷害致死。
西——あはははは（笑）。アカン、また笑いが。

お題其の三十八　冬休み

**分かってる同じ文面分かってる分かってる分か　年賀状来た　西加奈子**

**かわいいね　冬休みちゃんの登場だ**
**これは冬休みのマスコットキャラです　せきしろ**

**うちとけたいじめっ子にもらったフィッシュバーガー**
**食べたその日に食中毒だし　星野源**

せきしろ――西さんのは年賀状を待ってる男子の歌だろ。

西――当たり！「あけましておめでとう　今年もよろしく」みたいな、同級生からの同じ文面の年賀状を何枚も何枚も見つつ、好きなコからの年賀状も交じっててうれしい、という。結局好きなコからのも同じ文面なんやけど（笑）。

星野――年賀状かあ。いつも来る度に返事を出そう、出そう、と思いつつ、六月とかになるんですよ。

せきしろ――そうなったら返事はもうムリだな。

星野――だから暑中見舞いとして返したことはあるんですけど。

せきしろ――でも、星野君は「年賀状もメール世代」じゃなかった？

星野――いや、携帯じゃなくて「ポケベル世代」ですね。

西――ポケベルかあ。

せきしろ――西さんは何世代だい？

西――「家に電話世代」（笑）。

せきしろ――なんだ、割と古いんだな。

西――ほっといてや！

星野――せきしろさんの歌はこれ……。

一同――（爆笑）。

西――「冬休みちゃん」ってどういうマスコットなん？

せきしろ――雪だるまがニット帽とマフラーつけてるようなやつ。

星野――学級新聞に担任の先生が描いたひどいキャラクターの絵を想像しちゃいますけど（笑）。

せきしろ――そう、これはその絵の横にある注釈。「これは冬休みのマスコットキャラです」って。

西――ってそれ、短歌やないやん！

せきしろ――でもまじめな話、冬休みは夏休みに比べるとないがしろにされがちだからマスコットでも作ってもっと広めないといけないんだよな。

星野――せきしろさん、どの方向へ行こうとしてます？

西――星野さんの歌、なんかすごいかわいそうなんやけど（笑）。

星野――これ実話です。いじめられてた男の子と雪合戦で仲良くなって。で、「食べなよ」ってフィッシュバーガーをくれたんだけど、それ食べたら食中毒になって。そいつのこと嫌いになりました（笑）。

西――いつごろの話ですか？

星野――小学校三年生の冬休みの……。

せきしろ――あ、最近の話じゃないんだ。大人計画（星野さんの所属する事務所）も人間関係がいろいろあるんだなあ、と思ったよ。

星野――そんなのないですよ（笑）。

西――あいつ食中毒にしてあの役とったる！　って『ガラスの仮面』みたいな世界、ホンマにあんの？

星野――そんなわけないでしょ！

# それはつまり、今恋をしてるってこと？

ゲスト――華恵さん

エッセイスト。一九九一年、アメリカ生まれ。六歳から日本に住み、十歳からファッション誌でモデルとして活動。現在は作家活動が中心。著書に『華恵、山に行く。』『本を読むわたし　My Book Report』など。

お題其の三十九　マスク

緋のマスク握りしめ格闘家歩く歩く歩く、ぼろぼろな眼だ　西加奈子

『マスクメロンのマスクはマスクじゃない』メロン小噺他にある人？　せきしろ

西――「マスク」ってお題、華恵ちゃんが出してくれたんやけど。

華恵――私は今高三で、大学受験を控えている身なので、風邪をひかないようマスクをして外出することが多いんです。私にとってのマスクは、暖かく自分を守ってくれるものだと感じていたので、おふたりはどんな歌を詠んでくれるのかなあ、と。

西――そっかあ。今大変な時期なんや。

華恵――大変なはずなんですが勉強が進んでなくて……。

せきしろ――受験かあ。

西――また後悔が襲ってくる？

せきしろ――……いいなあ、若いって。

華恵――それにしても、「マスク」で私の想像を遥かに超える歌がおふたりから出てきたようなんですが（笑）。あの、西さんの歌の「緋のマスク」っていうのは……？

西――プロレスラーのマスク。

華恵――プロレスラーの！　それが最初はわからず、何かかわいいものを想像してました。

西――マスクマンが「マスク握りしめ」というのは、マスクを取ってプロレスを辞めたということで。満身創痍《まんしんそうい》でボロボロになった、そんなしんどそうなレスラーの歌を詠んでみたんです。

華恵――そっかー。マスクでこうくるとは！　恐れ入りました（笑）。

西――マスクと言われて、ウチはプロレス好きやから、大阪プロレスのスペル・デルフィンを思い浮かべたんよ。あるときデルフィンを（大阪の）アメ村で見かけたことがあって。自分のマスクをズボンの後ろポケットに入れて歩いとったんよ（笑）。なんだか、マスクマンがマスクを取ると「終わり感」があって寂しいなあ、とそのとき思って。

せきしろ――「歩く歩く歩く」っていう言葉の繰り返しも寂しい感じを出してるな。

華恵――私もこの言葉の反復が好き。「ぼろぼろな眼だ」とか。

西――せきしろさんの歌はこれまたトリッキーやな。

華恵――私、今回、おふたりの歌を事前に拝見させて頂いてここに来たんですけど、このせきしろさんの「他にある人?」で、私も何か「メロン小噺」を言わなきゃいけないのかなと思って、昨晩マスクメロンについてネットでいろいろと調べてみたんですが(笑)。

西――すごい! 予習してきたんや!

華恵――マスクメロンの「マスク」は香りの「ムスク」を意味することがわかりました。

西――へー!! 「マスクメロンのマスクはマスクじゃない」!

華恵――そうなんです。

せきしろ――だろ(笑)。あと、アンデスメロンのアンデスは……。

華恵――南米のアンデス原産のメロン、ですか?

せきしろ――違うんですよ。「安心です」の略なんです。安心ですメロン、アンデスメロン。

西――あははは(笑)。「メロン小噺」や!

せきしろ――これ以上他にはありません。

**落ちていたのは婦人用手袋　無理によけたら膝を痛めた　せきしろ**

**手袋をほしがるあんたは私の子狐やから　守ったるから　西加奈子**

華恵――　せきしろさんの歌、なぜ「婦人用手袋」なのかなあと思ったんですが。それを拾わずに、踏み越えるわけでも跨ぐわけでもなく、「無理によけた」のは、女性に関して何か避けたい想いがあるのかな、と少々深読みしたんですが。

せきしろ――　僕、普段から下ばっか見ながら歩いてるんで、よくいろんなものを見つけるんです。なかでも手袋とか軍手とかの類《たぐい》は非常に多くて、「婦人用手袋」ってよく駅構内に落ちてるんですよ。

華恵――　革製で手首の回りにファーがついている、そんなイメージですよね。銀座の駅によく落ちていそうな（笑）。

せきしろ――　そう、それです。単純に高価そうな手袋だから踏めないし跨げないというのはあるんですけど、動物の死骸にも見えてしまうから「あっ！」と咄嗟《とっさ》によけちゃうんです。で、急に無理な体勢をとるので膝を痛めるんですよ（笑）。

西――　そんな手袋が落ちてたら、ウチは拾うかなあ。

華恵――私も拾います。よく駅で忘れ物を売っているコーナーがあるんですが、そこへ寄るのが好きなので、もう片方がそこで売り出されてるとラッキーかも、って(笑)。

西――へえ！　落とし物って売ってるんや。

華恵――ええ。落とし主が現れなかったものが売り出されることがあるんです。財布、傘、定期入れ。ボロボロのものも多いですが、なかにはびっくりするほど質のいいものもあったりするんです。傘はしょっちゅうそこで買います。まさに「婦人用」のいい傘が多いんですよ(笑)。

西――穴場やね。今度、傘がないとき寄ってみるわ！

華恵――対する西さんの歌は、すごくあったかい気持ちになります。子ぎつねが手袋を買いに行く『手袋を買いに』(新美南吉の童話)の世界観ですよね。

西――そう！　あの話大好き！

華恵――「私の子狐」が恋人や友達などの比喩にもなっているようにも思えるので、とっても素敵な歌だなって思います。

西――まさに！　まさに「好きな人を守ってあげる」という意味を込めてみたんよ。

せきしろ――あと、この歌は大阪弁なのがいいよ。前にも言ったけど、大阪弁で詠まれるとすごくリアルに感じる。「守ったる」とかさあ……なんか……川藤(幸三・阪神の元選手)っぽいよ。

西――な～んやねん！　せっかく華恵ちゃんがエエこと言ってくれたのに、なんで川藤なんよ。川藤が右中間全部「守ったる」とかそういう歌やないで！

### お題其の四十一　受験

**ババダマホ！　僕らが捨てた惑星は受験がなくて恋もなかった**
**西加奈子**

**受験時に覚えた古今和歌集はもう忘れたし身内も減った**
**せきしろ**

**西**――華恵ちゃんは文系？
**華恵**――ですね。でも実は……音楽系の大学を目指してるんです。
**西**――へえ！　ピアノとか？
**華恵**――音楽楽理です。民族音楽とか音楽学を学びたくて。
**西**――すごいなあ！　エエなあ！　夢がいっぱいやなあ！
**華恵**――で……「ババダマホ！」って何でしょう？　昨晩、ネットで調べてみたらヒット数がゼロだったんですが。
**一同**――（爆笑）。

西――ごめん、受験生に余計なことをさせて（笑）。これ、ウチが作った宇宙人の挨拶やねん。

せきしろ――子供か、あんたは（笑）。

西――宇宙人が自分の星を捨てて地球にやって来て、人間があくせく暮らしてるのにビックリして、自分らの星には不景気も格差もなかった、でも受験も恋もなかった、って……。

せきしろ――発想力が豊かすぎるぞ（笑）。

華恵――でも「受験」と「恋」という言葉が並んでるから、すごくドキッとしたんです。両方とも自分が傷つくおそれがあるけれど、人生をドラマティックにしてくれるものでもある。私は今まさにこのふたつを経験してるなあって……。

西――ん？　何やて？　それはつまり、今恋をしてるってこと？

華恵――はい…………（赤面）。

西――すご～い!!　素敵っっ!!

華恵――私の周りは高三になって彼氏ができるコが多いんです。だから、私もですけど、みんな焦る。受験なのに何やってるんだろうって。でも西さんの歌に励まされました。受験も恋もこのドラマを同時に経験できるのは今この瞬間しかないんだなって。

西――そうや、恋も受験も、二兎追わんとだめや。今だけやもん。なあ、せきしろさん。

せきしろ――ババダマホ！

西——ババダマホは関係あれへん。

華恵——せきしろさんの歌には、ズシリとしたものを感じました。「身内も減った」で、古今和歌集を必死に覚えたころから月日が経ち、いろんな経験を積んだんだなあ、って。

せきしろ——受験から二十年経ちましたよ。

西——しかもあのころ、受験は人生最大の苦しみやと思ってたけど、そんなこと全然なかった。三十代になれば受験よりもっと苦しいことに直面するし。

せきしろ——そうだな。むやみやたらと想い出も増えていくしな。

西——でも今の華恵ちゃん、キラキラしとる！　ウチにもその恋のパワーをわけてほしいわあ!!

せきしろ——ババダマホ！

お題其の四十二　白

**「こんばんは」狐狸かあなたか幻か　ふりむく先の月がまっしろ　西加奈子**

**いつもそこに白い肌の人がいて触れる前には手を洗うんだ　せきしろ**

せきしろ——西さんの歌、上の句がすごい字余りじゃないのかい？「きつねたぬき」って……。

西——「狐狸」は「コリ」です。

華恵——コリって読むんだあ！「こんばんは」が人の声なのか狐狸に化かされているのか、上の句では何かこう不安な気持ちになるんだけれど、下の句でカメラがグーッとひいていって、不安な自分を冷静な自分が見ているような、そんな歌だと思いました。

西——ホンマ、その通り。

華恵——あと「月がまっしろ」って一般的には言わないけれど、でも、冬の寒さを感じるし、私はすごく好きな表現です。

西——ウチ、白というとすぐにイメージするのが月。自分の小説でも「月がまっしろ」って書くことがすごく多いねん。

**せきしろ**――月は白いのか。

**西**――そう。幼稚園のときから月は白く塗ってたなあ。

**せきしろ**――しかし、夜、歩いていて、誰かに呼び止められたような気分になること、よくあるよ。

**西**――何それ。せきしろさん、霊的な何かがあるってこと？

**せきしろ**――いや、霊感はないんだけど、何かがいるような気がすることはある。

**西**――せきしろさんもウチも目が悪いでしょう。目が悪い人のほうが霊感はあるらしいで。

**華恵**――せきしろさんの歌も素敵ですよね。

**西**――そう、素敵やわあ！　なんやずるいくらい素敵やわ。

**華恵**――「白い肌の人がいて」と言われると、無条件にすごく美しい大人の女の人を想像します。そして、詠み人には、その人を労《いたわ》るさりげないやさしさを感じます。あと「洗うんだ」という言い方も、ちょっと幼さがあってかわいい。

**西**――ホンマ、かわいい。少年目線やなあ。これは誰を思って詠んだん？

**せきしろ**――ある人を思って詠んだんだ。具体的には言わないけれど。

**華恵**――でも「白い肌の人」って、いろんな解釈ができるでしょうね。読む人によっては、恋人だったりお母さんだったり、おばあちゃんだったり。

**西**――「白い肌の人」は大切な人ってことやもんね。で、せきしろさんの「白い肌の人」

はやっぱ恋人のことなん?
せきしろ――ご想像にお任せします。
※華恵さんはその後、第一志望の東京藝術大学音楽学部楽理科に見事合格。二〇一四年に卒業しました。

# 子供のころ、老人は絶対に泣かないもんだと思ってた。

ゲスト――俵 万智さん

歌人。『サラダ記念日』『チョコレート革命』などの大ベストセラーを生んだ、日本を代表する歌人のひとり。二〇一一年より石垣島在住。歌集『プーさんの鼻』『オレがマリオ』、エッセイ『旅の人、島の人』など。

お題其の四十三 寅

**いらっしゃい！ 太った？ 元気？ 腹減った？ 寅の娘が笑う食堂**
**西加奈子**

**寅年を虎年と書くキミの事 好きだった時と嫌った時**
**せきしろ**

**俵**――「寅《とら》」かあ。私もちょうど干支《えと》の歌を十二首作ってるところなんです。実は私は寅年生まれで、寅年の歌人による「寅年の歌」っていう特集があるので（笑）。

**西**――ウチらの歌、ヒントになるかもね。

**せきしろ**――なるわけないと思うぞ。

一同――（爆笑）。

俵――西さんの歌、すごくいいですよ。読んだらすぐに伝わってきます。寅年生まれの元気な看板娘のいる食堂。店に入ると立て続けに声をかけられる、という。

西――実は、ウチの友達が「虎子食堂」という店をやっていて、行くと元気の出るいい店で、それをイメージしたんです。歌に詠んだ「寅の娘」というのは、その友達のお母さんが寅年やからで、「寅の子」で「虎子食堂」なんです。ホンマのことというと、そのコの生まれは申《さる》年なんやから実際は寅年生まれの娘ではないんです。でも、「寅」というとその子の顔しか浮かばなくて。

俵――あ、そうなんだ。

せきしろ――なんかこう、シブがき隊の「スシ食いねェ！」を彷彿とさせるものもある。

俵――「太った？」「元気？」で「腹減った？」だもんね（笑）。

西――「髪切った？」っていうのも考えたんですけど。

俵――それだとタモリさんになっちゃうもんね（笑）。

西――あと、「太った？」「痩せた？」っていうのも考えたんですけど、それやと、あんまりお客さんに興味がないように感じたから、「太った？」「元気？」「腹減った？」にしてみたんです。

俵――食堂だからね。「痩せた？」はないかもね。だからこの上の句は不動だと思いますよ。この言葉の並びは変えないほうがいい。馴染みの常連さんがたくさんいる食堂の使う手のひとつなんですけども、会話体を入れると臨場感が出ますね。そのうえ口語が五七五七七に馴染みやすいという利点もある。私もよく会話は入れますね。

西――ハテナやびっくりマークは歌に書いてもいいですか？

俵――大丈夫です。ただ、耳で聞いたときにはそれが伝わらないので、聞いたときにもわかるように書くのは大事ですね。短歌の基本は耳で聞いてもわかることだと思います。この場合だったら、「いらっしゃい」は聞いただけでも、「！」の元気さはすごく出てるのでいいと思います。でも、「寅の娘」と書いて「寅のコ」と読ませるとか、そういう演歌チックなのは私は好きではないですね。

西――耳で聞いたときと、目で読んだときと誤差がないほうがいいんですね。

俵――最近は、目で読むことも多いから、平仮名にするか、片仮名にするか、漢字にするか、は考えたりしますけれども。基本は聞いてもわかるように。ただ、ひとつ気になるとすれば、この歌は、「寅の娘」の意味が読者にわかりにくいかもしれない。だから、お題の「寅」は着想を得るための発射台と捉えて、元気な看板娘のいる食堂の歌、にしてしまったほうがわかりやすくなるのかも。

西――歌にお題の「寅」を入れ込まなくてもいいのですか？

俵――私はいいと思います。その判断はいろいろとわかれる部分ではあるんですけれど。面白い例をあげると、前に「某」というお題で俳句を詠んだときに、高名な俳人の方が

「甘木線云々」という句を詠まれたことがあったんです（笑）。

**西**——甘木……。ああ！　某やから甘木なんや。

**せきしろ**——字を分解してるのか。ギャル文字みたいだな（笑）。

**西**——そういえば、内田百閒もそういうことしてた。名前を書いたらアカン人のことを、「甘木さん」って書いて。筒井康隆さんもイヤな女のことを「米田共子」って。これもキュッと縮めると……。

**せきしろ**——糞子か（笑）。

**俵**——せきしろさんの歌は……これはタイガースファンの女の子、ってことですか？

**せきしろ**——いや、そういうわけではないんですけど……。

**俵**——深読みしすぎか（笑）。……ああ、でもこの歌、すごくよくわかるなあ。字を知らなくてかわいいと思う気持ちと、それくらい知っとけと思う気持ち。好きなときは許せるけど、醒めると急に許せなくなってしまうという。微妙な心の動きがよく表現されていますよね。

**せきしろ**——でも僕、若いころはこうだったんですけど、最近はなんでも許せるようになってきて。年を取ったからなのかもしれませんが（笑）。

**俵**——私は年を取ってもダメですねえ。言葉を扱う仕事をしているから気になるんです。昔、好きだった人が家に遊びに来たとき、「部屋がきれいに片づいていてビックリした」という趣旨のことを「部屋がきれいで開いた口がふさがらない」と言われてしまったんです。テンション下がりました。
一同――（爆笑）。
せきしろ――でも、僕の歌、失敗ですよね。「寅年」と「虎年」は読み方が一緒なんで。
西――ホンマ、聞いたときにわからん（笑）。そんでもって、このコがタイガースファンやったら？
せきしろ――それは、いくら年取っても許せないかも。

お題其の四十四 22

**22の時に産まれた長男は22でなお仕送り貰う　せきしろ**

**ほっぺたの雫勘定してみてん笑かしよるでちょうど二十二　西加奈子**

俵――せきしろさんの歌、面白いですねえ！　今の世相もさりげなく込められているし。
西――ということは、親は四十四歳なんやね。この息子、自分が四十四になっても仕送りもらってそうやけど（笑）。でも、ウチもこういうことよう考える。親が今のウチの年齢のときウチはもう五歳やったなあって。でも、怖くなるからそれ以上は考えへんようにしとるけど（笑）。

**俵**――「……に産まれた長男が」のほうがよくない？「長男は」だと一般論的だけど、「長男が」としたほうがより身につまされる感じがしますよね。

**西**――ホンマや！　それはお前のことやで！　と特定されるようで辛さが増すわ（笑）。

**せきしろ**――これ、僕自身の話なんです。僕が「22の時に産まれた長男」なんですよ（笑）。だから、客観的にしたくて「が」ではなく「は」にしたのかもしれません。

**俵**――なるほど（笑）。あと、過去形で振り返るのではなく「仕送り貰う」と現在形にしたのはすごくいいですね。切実さが伝わってくるし、「22」という数字も具体的なイメージが湧いてきます。ハタチは過ぎてるけれど学生で、という中途半端なカンジがすごくしますよね。

**せきしろ**――僕、二十二歳のとき大学に入ったんです。あと、子供のころによく聴いたフォークソングの印象も深く残ってて……。

**俵**――「22才の別れ」だ（笑）。

**西**――知ってるよ。昔流行ったフォークソングやろ。

**せきしろ**――当時、車に乗るたびにカーステからこの曲が流れてて。母親が好きだったみたいなんです。でも本人（注：フォークデュオ「風」）が歌ってるやつじゃなく、誰だかわからない人が歌ってるカバーバージョンで（笑）。「22才」ってずいぶん大人の歌だと思ったんだけど。

**西**――たいして大人やないよな。

**せきしろ**――そうなんだよ、どっちかっていうと子供だよな。

**俵**――対する西さんの歌は……。なるほど、女の子が泣きながら自分を笑う状況はよくわかる。でも、涙の雫の数が二十二だとなぜ「ちょうど」、「笑かす」のか、わかりにくいかな。

**西**――やっぱり伝わりにくいですよねえ。ウチが歌にしたかったんは、泣いている自分を冷静に見ている自分のこと。ウチ、泣いてるときよくヘンなテンションになるんです。前に、泣きながら電信柱を数えて帰ったことがあって、「ちょうど二十二本だ！　いや、〝ちょうど〟やないやん！」って自分で突っ込んだり。それを涙の粒に置きかえてみたんですが……。

**俵**――そっかあ。妙なテンションと数を強調するには……逆に、電信柱を入れたほうがより個性的になるかも知れないね。たとえば「泣きながら電信柱を数えてん　ちょうど二十か？　ちょうど二十二」。

**西**――さすが！　俵万智先生！

君だけの着信音と振動と変換されぬ［天狗］と［般若］　西加奈子

受信　送信　受信　送信　受信　受信　無視　受信　無視　送信　せきしろ

俵――お題は私が出しました。「メール」ってコミュニケーションの道具ですから、風景や季節を詠むだけでなく、人と人との関係を歌に詠めたら面白いかなと思ったので。

西――ほんならウチの歌からいっていいですか。今回は説明不要やと思います。

俵――（短歌を読む）えーっと……ん……??

西――……わからないですか!?

俵――いえいえ、私、携帯電話の初心者で、絵文字の変換もまだよく理解できてなくて……（笑）。

西――友達がメールくれたんですけど、ウチの機種では変換できへん絵文字があって「遅れます【天狗】」と、「天狗」が絵ではなく文字で出てきて。それを恋人とのメールのやりとりの歌にしたんです。

俵――ああ、わかりました！　私の携帯は絵文字が化けてゲタマークで表示されるんですけど、それが文字として表示されるってことなんですね。
西——ゲタマーク？
俵——え？　ゲタマークって言いません？　二本線のマーク。
せきしろ——ああ、あれ。
俵——やっぱり私、すっかりオバサンになってるね（笑）。
せきしろ——「お疲れさまでした【敬礼】」とかもありますよ。
西——「昨日は楽しかったですね【なまはげ】」はどんなんやねんと思うけど（笑）。
俵——そうなると「天狗」と「般若」が文字として送られてしまった「君」は形無しなわけだ。得意になってる様や落ち込んでる様が全開で伝わっちゃうもんね。面白いです。言葉のチョイスもいいし、親密なメールの感じも出てます。対するせきしろさんの歌は……これはアイデア勝ちですね。
西——ホンマ、せきしろさんぽい歌やわあ。恋愛の歌やろ？
せきしろ——まあ、そうかもね。最初は仲良しだから「受信」「送信」を繰り返すんだけど。
俵——しばらくすると「受信」を無視するようになり（笑）。
西——メール来ても二回「無視」してるけど、これはなんか気に障るようなこと書かれたん？
せきしろ——いや、これは駆け引き。すぐ返すと待ってたと思われるから。
俵——駆け引き！　せきしろさんは、いろいろ考えていらっしゃるわけだ（笑）。

西――ウチ、メールはすぐ返信するほうやけど、もしかしてそれってウザい？

せきしろ――ウザいこともあるな（笑）。

俵――でも、この歌、すごく深い。面白い。単純な言葉の連なりでいろんなドラマが想像できるし、しかも、受信側、送信側、どちらにも肩入れできますし。すごい。せきしろさんが生んだ、というか、発見した、初の形式の短歌です。早く世に発表したほうがいいですよ。

## お題其の四十六　飲む

**老人は薬を飲むものなんだと泣かないものだと思っていた**　　せきしろ

**今君が飲んでいるのは小便かビールか金か女か過去か**　　西加奈子

俵――「飲む」というお題でこんな歌が出るなんて。せきしろさん、すばらしい。「老人は泣かないもの」で「薬を飲むもの」というウラの表現にテクニックを感じますし、老人が泣いた切なさ、衝撃も胸にグッと迫ってきますよね。

西――これも実話なん？

せきしろ――そう。おじいさんの話。子供のころ、老人は絶対に泣かないもんだと思ってたのに、僕が高校生のころ、みんなで誕生日を祝ってあげたら突然泣きだして。すごくビックリしたんですよ。

俵――自分も年を取ってみると、泣きたくなる気持ちがわかるようになるんですよね。

西――わかります。オリンピックを観てると自然と涙が出てきたりしますもん。

俵――昔はそんなちょっとしたことで泣いたりなんかしなかったのにねえ。

西――年とともに涙腺が弱くなるっていうのは、本当なんですね。

俵――対する西さんの歌は……。

西――せきしろさんのエエ歌の後でウチのを読まれるのは恥ずかしいなあ。……どうですか？

せきしろ――なんだか河島英五風だな。

俵――「酒と泪と男と女」だ（笑）。

西――そうです、伝家の宝刀、演歌短歌です（笑）。

せきしろ――しかも「小便」て（笑）。

西――得意の小便短歌です（笑）。ていうか、お酒飲んでると、頻繁にトイレに行きたくなるやん。酔ってくると、ビール飲んでんのか小便飲んでんのか、どっちかわからなくならへん？

一同——（爆笑）。

俵——何の言葉を並べるかで短歌は決まるので、「小便かビールか」まではいいと思うんだけど、そこから演歌チックに「女か過去か」とするのはちょっと悩めるところかな。

西——これは飲んでる相手が過去を忘れようとしてる様なんですけど……やっぱ安易でしょうか。

俵——うーん、少し抽象的すぎるかもしれないね。

西——そっか。じゃあ「女」を「加奈子」とか具体的な名前に変えるのはどうでしょうか？

俵——いいかも。作者の名前だしね。「小便かビールか加奈子か過去か」、とかね。

西——そうや！「小便かビールからうちか加奈子か私か」。自分も意識が混濁して、全部ウチのことにしてしまうのはどうでしょう？

俵——相手が「私のことを飲んでる」という意味になっていいかもね。

せきしろ——でも「小便か私か」みたいな選択になってるような気がするけど（笑）。

俵——確かにそうだ（笑）。「小便」は面白いんだけど、この場合は残念ながらいらないかもね。

西——じゃあ、「焼酎か私からうちか加奈子か我か」はどうですか？

俵——いいと思います！

# 三次元のストレスは二次元で解決するのがいちばんですよ。

ゲスト　勝山康晴さん（コンドルズ）

ダンス集団「コンドルズ」プロデューサー兼バンドプロジェクト「ストライク」ボーカル。雑誌での執筆もこなし、著書にコンドルズの成り立ちから現在までを描いた『コンドルズ血風録！』がある。

お題其の四十七　鬼

金曜十八時女子トイレに鬼　鏡前場所奪い合い牙　西加奈子

鬼のままチャイムがなった鬼ごっこ再開されずに今でも鬼で　せきしろ

オニが来るロックンロールのオニが来る　アンガスとオレ同じバースデー　勝山康晴

西――ウチの歌、金曜の夕方に駅ビルのトイレに行くたびに思うことなんです。女の子たちが鏡の前にズラッと並んでスゲエ顔で必死にメイクしてて。みんな鬼の形相《ぎょうそう》やなって（笑）。

**勝山**——僕、化粧する人って、よくわからないんですよねえ。

**西**——メイク否定派？

**勝山**——そういうわけでもないんですけど。僕たち、コンドルズで十何年舞台をやってますけど、化粧ってしたことないんですよ。普通は男も舞台に上がるときはするんです。ドーラン塗ったり。でも僕ら、どうせ汗で流れるからいいや、と。だから、化粧の感覚がさっぱりわからないんですよ。あと、思い出したんですけど、小学校のとき、近所に住んでた友達のお母さんが、ものすごい厚化粧で。毎朝七時に友達を迎えに行くんだけど、お母さんの首から上の色が違うんですよ。もう、それが恐ろしくて恐ろしくて（笑）。そのトラウマで化粧嫌いになったというのはあるのかもしれないです。

**西**——同じ「鬼」でも、せきしろさんのはさびしい歌やなあ。

**せきしろ**——小学校のとき、鬼ごっこの最中に休み時間が終わって、鬼のまんまってことなかった？

**西**——ある！　あるよ、鬼のまんま鬼ごっこが途中で終わって。あ、そうか、あの鬼ごっこが終わってへんということは……いまだにウチは鬼のまんまということやん！

**せきしろ**——だろ。よく考えてみると、そういうことなんだよ。何十年経っても鬼のまんま（笑）。

**西**——うわあ。なんや背中がゾクッとしたわ。

勝山――僕はそういう経験はないですねえ。ていうか逆です。鬼をそのままにして鬼ごっこを終了してた側だったと思う。

西――ヤバいで。いつか勝山さんのとこに鬼が訪ねてくるで。「鬼ごっこ終わってないよ～」って。

勝山――え～っっっ!!!!

せきしろ――ホラーだ（笑）。

西――勝山さんの「鬼」はロックな「オニ」やね。

勝山――AC／DC（注：オーストラリアのロックバンド）ですよ！　こんど（二〇一〇年三月）久々に来日するんですよ！

せきしろ――何年ぶりの来日ですか？

勝山――九年ぶりです。もう、楽しみで楽しみで！　今年はそれだけを糧《かて》に生きようと（笑）。

西――その意気込みは稲妻マークでよくわかります（笑）。そんで勝山さんって、（リードギターの）アンガス・ヤングと同じ誕生日なんや。もう運命やね、これは。

勝山――そうなんですよ！　三月三十一日！　それを知った瞬間、バンドを始めましたからね。

せきしろ――同じ誕生日といえば……僕は手塚治虫と一緒だな、確か。

西――ホンマ？　ウチ、欽ちゃん（萩本欽一）やで（笑）。

お題其の四十八　告白

**わからない最近まったくわからない三次元と二次元の境**
**勝山康晴**

**告白をされたい時としたい時したくない時されたくない時**
**せきしろ**

**キリストが説うたところの神ですが創世記からずっと鬱です**
**西加奈子**

**勝山**——僕自身のことを「告白」してみました。
**一同**——（爆笑）。
**西**——おもろい歌や！　「二次元」っていうのは……？
**勝山**——アニメとかですね。
**西**——美少女アニメ？
**勝山**——いえ、萌え系には興味ないんです。もっと少年ぽいほうが好きなんで。とにかく、仕事を終えて家に帰ると、必ずアニメを観たり漫画を読んだりしないといられないんですよ。ゲームは止まらなくなっちゃうんで、自制してますけど。

西――つまり、現実を離れて二次元の世界へ逃避するってこと？

勝山――僕、三次元のストレスを三次元で解決しようとするのは間違いだと気づいたんです。三次元で解決しようとすると、つい飲みすぎたり食いすぎたりするんですけど、二次元で解決しようとすると暴力的にならなくて済む。枕をぶん殴る回数は少なくなりましたよ（笑）。

西――そうなんやあ。でも、それって、ある意味、末期症状だよね（笑）。

せきしろ――僕は勝山さんの気持ち、わかりますよ。僕は逆に二次元にしか興味ないですけど（笑）。

西――それも極端やなあ。せきしろさんはゲーム派なん？『ラブプラス』とか？

せきしろ――いいや。今は『ときメモ４』。

西――それって、恋を告白するシミュレーションゲームやろ？そんなんやっておもろいのん？

せきしろ――仮想世界だからいいんだ。現実だと「なぜ今このタイミングで告白してくるんだ」って困るときがあるだろ（笑）。「こっちのタイミングがあるのに」って。そういうのない？

西――ないよ（笑）。でも、せきしろさんに「告白したい時」ってあるん？

せきしろ――そりゃあるさ。家の近くに女子大があるんだけど、前を通るたびに誰でもいいから告白したくなるもん（笑）。

勝山――それ、わかります。最近の女子大生って持てはやされてなくてイイ感じなんですよ(笑)。

せきしろ――そうなんですよ(笑)。昔、僕らが十代のころは女子大生ブームとかがあって、テレビに出て来る女子大生ってみんな大人びてて「お姉さん」な感じがしてた。でも、今の女子大生って子供っぽい。僕が年を取ったのもあるのかもしれないけど、見てるとみんなすごく子供なんだ。

西――まあ、今のコらはおぼこいからね。

せきしろ――ていうか、西さんの歌はバチカンから怒られるぞ。

勝山――思い切りましたよね〜(笑)。

西――「告白」やから、世界がひっくり返るようなことがエエかなと思って。でもな、神様は、この世を作ったときからずっと鬱やねん。ひどい世の中を作ってしまった、と鬱になってんねん。ホンマ。

せきしろ――風刺ってことか。

西――そうです。エスプリの効いた風刺短歌です(笑)。

お題其の四十九　呼ぶ

**呼ぶ声を聞いた気がして振り返る　追いかけてくると期待してた**

**せきしろ**

**呼んだのに何度も君を呼んだのに今宵も爆音AC/DC**

**勝山康晴**

**「西さあん」白衣の声はやらかくて扉の前で泣きたなります**

**西加奈子**

**勝山**――このお題、難しかったです。いろんな状況が考えられるから、迷ってしまって……。

**西**――ウチも。「呼ぶ」って漠然としてるし。どうやった？

**せきしろ**――え？　僕は普通。

**西**――普通て！　余裕やな（笑）。でも、せきしろさんのエエ歌やん。恋愛の歌なんやろ？

**せきしろ**――喧嘩して、追いかけてくると思ってたら追いかけてこなかった……って経験ない？

**西**――あるある！　でも、ウチは一〇〇％追いかけるほうやけどな。
**一同**――（爆笑）。
**西**――勝山さんは？
**勝山**――僕も追いかける派です。じゃあ、デートして別れるとき、何回相手を振り返ります？
**西**――ウチは見送る派やから。彼が誰かにド突かれたりせえへんかとか心配しながら、姿が見えなくなるまでず～っと見てる。
**せきしろ**――ばあちゃんみたい（笑）。でも、振り返るタイミングって難しいですよ。電車だと、発車する間際に顔を上げて相手を見るんだけど、ドアがなかなか閉まらなかったり、相手がこっちを見てなかったりで。
**勝山**――相手がDSとか携帯チェックを始めてたりとかすると、なんだよ、って思うし（笑）。
**西**――うわあ、イヤや。別れた瞬間、携帯をいじる人、すごいイヤ。家を出たあと、鍵をすぐに閉める人とかも大嫌いや。チェーンとかセコムまでされたりしたらもう、ウチ、生きていけへん！
**せきしろ**――だから僕は音がしないようにソ～ッと鍵を閉めるんだ（笑）。
**西**――どっちにしろすぐ閉めるんやん。
**せきしろ**――不用心だからな。

西――勝山さんの歌も恋愛ものやね。

勝山――彼女に電話をしたのに繋がらなくて。そうなると携帯を置いて、ステレオにヘッドホンを差して、爆音でAC／DCを聴くしかなくて（笑）。

西――これ、名歌やわ！　面白い。けど、爆音ってどのくらいなんですか？

勝山――基本、マックスです。

西&せきしろ――ええ〜っ！

勝山――いやいや、一度ダマされたと思って音量マックスにしてみてくださいよ。いろんな音が聞こえてきて面白いですから。ただ、耳が悪くなりますけどね（笑）。

西――耳、悪くなりたない（笑）。

勝山――西さんの歌は、なんだか悲しい歌のように思えますけど……。

西――ウチな、病院で「西さあん」とかってやさしく呼ばれると、結果が悪かったと思ってまうねん。アカンこと言われるんやって。「不摂生もいい加減にしなさい」って怒られるんや、と。

勝山――そうかあ。僕はまた、大切な人の病気とか手術とか、なんかそういう状況を想像してました。

せきしろ――僕もそう思った。なのに単なる……。

西――そうです。不摂生短歌ですわ。

お題其の五十　来日

**来日のショックはアスカラングレー以来だビビビAC⚡DC**
勝山康晴

**ザビエルの気持ちが分かる初めて触れる畳指布団本棚**
西加奈子

**来日中のガンズアンドローゼズが「いいとも」最後に告知に来た！**
せきしろ

**西**――このお題、勝山さんが出したんやけど。これはもちろん……。

**勝山**――生きる糧ですから。

**西**――AC／DC、九年ぶりに来日するんやもんね。

**勝山**――それを考えるだけでご飯おかわりできます（笑）。

**西**――そんで、アスカ・ラングレーの衝撃もAC／DC並みやったん？

**勝山**――『新世紀エヴァンゲリオン』、ドッボにハマって朝から晩まで観てた時期があったんですよ。最初は綾波レイだったけど、徐々にアスカがいいなと思いはじめて。

**西**――映画版はウチも観た。それで初めてエヴァを知ったけど。

せきしろ――西さんの観るアニメって『じゃりン子チエ』だもんな。
西――そうそう、ウチのカバンに～おひさんひとつ～♪って、バカにしてんのか！
一同――（爆笑）。
西――ＡＣ／ＤＣ、九年前のライブは観たんですか？
勝山――オレとしたことが、見逃してるんですよ。だから、こんなに大好きなのに、こんなに愛してるのに、まだナマで一度も観たことがないんですよ。バンドを始めたのもＡＣ／ＤＣの前座をやるためで、頑張ってバンド続けて、ＡＣ／ＤＣと同じレーベルからメジャーデビューしたんですけど、とうとう前座の夢も叶いませんでしたね。
西――でもそれだけ思ってれば、きっといつか会えるよ。前座もできると思うよ。
せきしろ――来日したとき、楽屋に置いてある『アンアン』見て、この短歌を読むかも（笑）。
西――ＯＨ！　コレ、オレタチノコトヤデ！
せきしろ――なんで関西弁なんだよ。
一同――（爆笑）。
勝山――西さんの歌、これは西さんがテヘラン生まれだから、っていうことですか？
西――あははは（笑）。これは彼氏の家に初めて行ったときの歌。初来日くらい緊張するっていう意味やねん。そんで、彼氏の家に初めて行くと、いろんなもんがものめずらしいやん。きっと（フランシスコ・）ザビエルも初めて日本に来たとき、こんな気持ちやったんやろな、って。

**勝山**――なるほど〜。それにしても西さんの「テヘラン生まれ」って経歴、謎めいてますよね。

**西**――お父さんの仕事のせいなんです。二歳までイランのテヘランにおって、そのあと大阪帰って、そんでまた小学校一年生から五年生までエジプトのカイロに住んで、そんでまた大阪戻って。

**勝山**――インターナショナルだなあ。

**西**――英語できへんけど（笑）。

**せきしろ**――しかし「畳」に「布団」って……。西さん、なんかエッチだぞ。

**勝山**――そうそう。「指」ってあたりが特に。

**西**――お得意の官能短歌です（笑）。

**勝山**――女流作家だなあと感じるのが、最後の「本棚」ですよ。ニクイなあ！

**西**――「本棚」ってその人の脳みそやと思うねん。どんな本が並んでるかでわかるもん。

**勝山**――確かに。……って、うちの本棚思い浮かべたら、ガンプラが並んでるんですけど（笑）。

**西**――せきしろさんの歌は相変わらずや。（タモリ口調で）「ガンズ・アンド・ローゼズでーす」って、番組のエンディングでアクセル・ローズがポスター持って出てくるんや（笑）。

**せきしろ**——そう。せっかく来たのに、告知の途中で時間がなくなって番組が終わっちゃって。

**勝山**——え？　ガンズ、ホントに出たんですか？

**西**——なわけないやん！

## ロックをやってる時点で自分の「恥ずかしい部分」をさらけ出してるようなもんです。

ゲスト——山口 隆さん（サンボマスター）

一九七六年、福島県出身。ロックバンド「サンボマスター」の唄とギター担当。二〇〇三年、アルバム『新しき日本語ロックの道と光』でデビュー。シングル『愛してる愛して欲しい』が好評発売中。

お題其の五十一　シワ

シワ加エツモリチサトにアイロンをかける母髪白く白くて　西加奈子

寝押しというシワのばしのやり方を教えてくれたシワだらけの手　せきしろ

老いてなおそれでも女と自分を呼んで
シワにまつわるそのエトセトラ　山口隆

山口——短歌なんて、僕、詠めますかねえ。

西――全然大丈夫。ウチらもシロウトやし。歌詞書いてる感覚で詠んでください。同じ「歌」やから、山口さんのほうが得意かもしれへん。

山口――わかりました。詠みましょう！

西――うれしい！　ほな、最初のお題は「シワ」で。（しばし考える）……できた。

せきしろ――……僕も書けました。

山口――え？　早いなあおふたりとも。ちょーっと待ってください……（五分後）よし、できました。

西――じゃあ、ウチの歌から。（歌を詠み上げる）

山口――ほおー。このお母さんのカンジ、なんとも言えないなあ。

西――これ実話やねん。ウチがまだ高校生のころ、お母さんが「なんやのこれ」って言いながらアイロンでめっちゃシワ伸ばしてて。そういうデザインなんやからクシャクシャのままでエエの！　ってウチはめっちゃ怒って。でも、それがもしも今やったら、お母さんも年を取ったし、白髪も増えたし、アイロンかけてる姿を見るときっと悲しなってしまうやろなって。

山口――お母さんの背中も丸く小さくなっててね。もう、泣けますよ、確実に。

西――せきしろさんの歌は、服のシワと手のシワが上手くかかってる。

山口――ああ、寝押しだ！　懐かしいなあ。寝押ししてたのは制服ですか。

せきしろ――ですね。

山口——僕がよくやってたのは野球のグローブでね。父親に教えてもらったんですけど、おろしたては革が硬いんで、ボールをつかみやすい形にして、寝るときに枕の下に置くと良い、と。よく寝押ししてました、子供のころに。

西——この「シワだらけの手」って、おばあちゃんのこと？

せきしろ——それは内緒だ。ご想像にお任せで。

山口——これがおじいちゃんのことなのかおばあちゃんのことなのか、読む人に解釈を委《ゆだ》ねるほうがいいんですよね。歌詞もそうです。聴く人の中に世界観がありますからね。……じゃあ、最後、僕のをいってみますか。（歌を詠み上げる）

西＆せきしろ——……おおー！

山口——これ、阿部定の本を読んだときに思ったことなんですよ。ほら、あの有名な事件、あったでしょ。阿部定の、ちん……。

西——不倫相手のちんちん切ってまう事件。

一同——（爆笑）。

せきしろ——西さん、直接的すぎるぞ（笑）。

山口——でね、その事件後、阿部定は服役してシャバに戻って、どこかの旅館の仲居さんになるんですけどね。女度のある人だと思ったんですよ。「女」と言える人だったんだな、と。

西——シワに刻んできた「エトセトラ」も壮絶やしなあ。

山口——阿部定に限らず、女性の欲望や情念って、男とは違ってバッティングセンターで解消できるものじゃないでしょ。

西——そうやな。女はビールかけでうれしさを爆発させたりとかもせえへんもんな（笑）。

### お題其の五十二　始まり

ブルースが僕のことずっとせかすんだ
どうせ棒に振るなら暮らしはフルスイング
山口隆

葬式が始まる時を待っている　雲ひとつない　まだ笑みがある
せきしろ

携帯の電源を切る人生の始まり　ずっと圏外で行け
西加奈子

西——山口さんのは、さっきのもそうやけど、歌詞やね。歌詞考えるカンジで書いてるの？

山口——そう。だから字余りになっちゃうんですけどね。

西——ふだん、歌詞書くときはどうしてんの？

山口——いろいろですけど。好きな漫画のワンシーンに触発されたりすることもあるし。あとね、僕、独り言が多いんですよ。独り言の中で、「お、オレ今すげえいいこと言ってるぞ」って自分で自分に感心したりするんですよ。

一同——(爆笑)。

山口——何かに命じられてるような気分になることってないですか？　僕、本当はすごく気が弱いんですよ。人前でライブなんてのは柄じゃないし、やったところでみんなに受け入れられないだろうしわかってもらえないだろうし。でも、「行け山口！」って何かに命じられてるような気になって音楽をやってるんじゃないかと思うんですよ。世界もいつ終わるかもしれないんだし、誰も理解してくれなくてもいいから、好きなことをやったれよ、と。

西——その「何か」が、音楽の「始まり」が、山口さんにはブルースやったんや。

山口——ってことでしょうねえ。

西——エエ話や。なあ、せきしろさん。

せきしろ——僕もそういうこと言ってみたいです(笑)。

山口——西さんの歌もいいじゃないですか。「ずっと圏外で行け」。いいフレーズじゃないですか。

西――映画が始まるときって携帯の電源切るでしょ。せやから、普段でも携帯の電源を切ると、なんや楽しいことが始まるような気がするんです。携帯を家に忘れて出かけたりすると焦ったりします？

山口――忘れてラッキーと思いますよね。だから、あんま気にしないなあ。

せきしろ――僕は、まあ、家に彼女がいれば……急いで取りに帰る（笑）。

西――それはやましい気持ちがあるからや。見られたらヤバイもんが詰まってんのやろ（笑）。ウチは、携帯に囚われてるから焦りまくるなあ。

山口――え？「圏外で行け」じゃないの!?

西――せやから、携帯に囚われない生活を送りたい、ってことなんやねん。ウチにとって、携帯の電源を切るのは結構な勇気がいることやねん。作家なんて連絡とれへんかったらそれで済んでしまう仕事。ヘタしたら何年も誰とも顔合わさんでもええ仕事やねん。でも、ウチはそれがイヤやねん。なるべく人と関わりたいと思ってるから。

山口――そっかあ……でもさあ、携帯の存在、デカくなりすぎだよ。いいんだよ、忘れて焦ったり、見られて困るなら折っちゃえば。折っちゃえばいいんだ、そんなもん！

西――それができれば幸せやと思う。ホンマ、そう思うねんけど。

山口――大事？ そんなに携帯って大事？

西&せきしろ――大事。

山口――はい。スイマセン（笑）。

西——せきしろさんの葬式の情景、ようわかる。ウチもこのイメージある。葬式というと、めっちゃカラッと晴れてるイメージやねん。

せきしろ——最近、葬式に行くことが多くなって、行くたびに思うのは、どの葬式でもみんな談笑してるもんなんだな、と。

山口——「まだ笑みがある」んですよね。これから悲しみがやってくるんだぜ、っていう。

西——葬式は、悲しみの「始まり」ってことなんやろうね。

## お題其の五十三　ふるさと

**夢の中の弟は幼いまま　雪が降っても　雪が降っても　せきしろ**

**銀わくのアルミサッシに吹きつける吹雪の夜中に僕、イギーポップ　山口隆**

**知らぬ街ふるさとだと思う遊び存外出来る少し悲しい　西加奈子**

西——ふたりともいい歌やん！

山口——せきしろさん、ふるさとはどこですか？

せきしろ――北海道の北見です。

山口――弟さんはおいくつで?

せきしろ――もう三十代ですよ。でも、夢に出てくるといつも幼いままなんですよ、なぜか。

西――せきしろさんの歌の雪はシンシンと降り積もる感じだけど、山口さんのは猛吹雪やね。

山口――僕は福島の会津なんですよ。豪雪地帯でね。夜中になると車も通らないし、ゴォォォッて吹雪の音しかしない。で、パンクロックを聴くんですよ。イギー・ポップの「サーチ&デストロイ」(笑)。

西――せきしろさんもパンクバンドやってたやん。雪があって寂しいとパンクに走るん?

せきしろ――得てして田舎にいるとそうなる。今と違って、二十年前はインターネットなんてないから東京からの情報がすごく遅い。だから音楽も独自に進化したりするんだよ。僕がいたころの北海道は、イースタン(ユース)とか(ブラッドサースティ・)ブッチャーズとかが盛り上がってたなあ。

山口――北海道は素晴しいバンド多いですもんね。僕も聴いて、すごく影響受けました。でも、会津は僕にとっては昔は逃げ出したい場所でしたよね。ここにいたら死んでしまう、何もできない、って。こないだね、正月に久々に帰ったんですけど、吹雪がひどくて車がどこを走ってるのかわからなくなって。ナビで道を確認しようとしたら道がどこにもなくってね、ポツンと「おうし座」とだけ表示されてさ。オレは船頭じゃねぇっての。

**一同**——（爆笑）。

**西**——でもええなあ。ウチは転校人生やったからふるさとがないねん。どの町に行っても、ここの出身やと思えばそう思えるねんけど、そこがちょっと寂しいなと思う。

**山口**——故郷に戻りたいですか？

**せきしろ**——いや、戻ってもせいぜい二日しかいられないですよ。

**山口**——僕もそうです。愛憎半ばするんですかね。でも会津で生まれ育ってなかったら音楽やってなかったと思うしね。

**せきしろ**——ていうか滞在二日目になると親に怒られるんですよ。就職しろとか大学行けとか（笑）。

**山口**——僕も似たようなもんですよ。友達と飲みに行くと親から電話がくる。「タカシ何時に帰る？　玄関の鍵は閉めていい？」ってさ、三十過ぎの男なんだからほっといてくれっての（笑）。

**西**——何歳になっても親にとって子は子でしかないってことなんやね。

お題其の五十四　忘れたいこと

**なにひとつ忘れたいことがないのだ　そういう者に私はなりたい**
**西加奈子**

**ボロボロとついには音になりました　忘れちまいたい形ある過去**
**山口隆**

**不動産屋がある限り思いだす　物件をさがすキミの姿を**
**せきしろ**

山口――ほおー。西さん、「なにひとつ忘れたいことがない」ときましたか。「忘れたいこと」がありすぎるからこそ、起こったことはすべてヨシとしたい、ということですか?

西――そうそう。そういう人になりたいの。ウチ、お酒の席の出来事とか、そういう「思い出し恥ずかし」が多すぎるから。

せきしろ――そういうのって、一旦寝ると忘れるんだけど、翌朝起きると段々と蘇ってくるから耐えられなくならない? 僕はいつも死にたくなるんだけど(笑)。

西――ウチも。そんなときは、掃除機をかけながら一緒にウワーッって大声を出すねんけどな（笑）。

山口――脳が現実から逃避させようと「なかったこと」に勝手に変換させることってないですか？　ロックフェスのMCでドタ滑りしたとき、僕の脳は言いましたよ。「嘘です。親分は言ってない。親分は滑るヤツじゃねぇです」って（笑）。

一同――（爆笑）。

山口――でも僕は、「恥ずかしいこと」は大抵大丈夫ですね。思うに、ロックをやってる時点で自分の「恥ずかしい部分」をさらけ出してるようなもんですから。逆にそういう部分がないとリアルじゃないですからね。

西――山口さんは「忘れたいこと」を音楽にするんやね。

山口――でも、僕自身の痛みを曲にしても、結局それを外に出して人に聴かせて、表現として成立した時点で、それは自分だけのことではなくなるんですよ。人の痛みに呼応するというのか。それがいちばん大事だと思うんですけどね。

西――せきしろさんの歌もまた切ない。昔の恋の歌なんやろ。

せきしろ――何かと結びついている記憶って絶対になくならないし、絶対に忘れられないんだよね。

山口――この彼女が一生懸命物件を探してる姿、目に浮かぶなあ。

せきしろ――昔、下北沢のシェルター（ライブハウス）によく通ってたんで、その近くに住みたいって思ってたんですよ。

**山口**――シェルター！　僕らも昔、あそこでライブやりましたよ。

**せきしろ**――だからシェルターに行っても思い出してしまうんです。

**西**――でも、そういう記憶って、なんでか相手は後ろ姿とか横顔とかそういうのじゃない？

**山口**――「築五年だよ！」っていう台詞だったりとかね。

**西**――うわー、切ない！

**せきしろ**――あー、死にたいです。

お題其の五十五　変なひと

**神さまによく会う男名はジャージいつも命を狙われている　西加奈子**

**電話が鳴って死の知らせ　テレビから　変なおじさん　変なおじさん　せきしろ**

**とりあえず山さんに紹介しときましたって　オメーそいつは悪徳業者だ！　山口隆**

山口――学生時代の後輩にイイダって男がいましてね、そいつのことを短歌にしたかったんで「変なひと」ってお題を出させてもらったんですが……西さんの「変なひと」も熱いですねえ（笑）。

西――いつもジャージを着てる〝ジャージさん〟は界隈《かいわい》で有名な人で。エア拳銃持って、いつも周囲に気を張ってる。背中を見せへんし。

せきしろ――「神さまによく会う」って「変なひと」どころか危険を感じるけど、大丈夫なのか？

西――神さまと友達やから（笑）。

**山口**――せきしろさんのは悲しい「変なおじさん」ですねえ。

**西**――悲しい知らせが届いたのに、テレビでは「変なおじさん」が流れてる。辛いときに限ってこういうことがよく起こるよね。

**せきしろ**――で、よけいに悲しくなるんだ。

**山口**――映画の『グッドモーニング、ベトナム』の爆撃シーンですよ。ルイ・アームストロングの「この素晴らしき世界」が流れる中で静かに爆弾が落ちていくっていうね。悲しいギャップですよ。

**西**――この「変なおじさん」のリフレインがまた悲しいねん。っていうか「変なおじさん」ってちゃんと七文字になってるんやなあ！

**せきしろ**――そうなんだよ。下の句、七七でぴったりなんだ、意外と（笑）。

**西**――そんで、山口さんの歌。問題のイイダさんの歌や（笑）。

**山口**――イイダは面白エピソードに事欠かないんですよ。一日中ジミ・ヘン（ドリックス）ばっか聴いてるわ、悪徳業者に僕の名前を売るわ。金を三千円貸して、学生にしたら大金ですから、翌月に返してくれって言うと平然とした顔して「返せません。湯水のごとく使いました」って言うわ。

**一同**――（爆笑）。

**山口**――ある時、僕らが地方へツアーに行ったときに、イイダも観に来てくれたんですよ。そんで、楽屋に現れて「差し入れです！」って言うから、食い物かと思ったら壺だった。でっかい壺。「これ持ってツアーまわってください!」。

**一同**――(爆笑)。

**西**――あははは(笑)。壺はアカンよ、壺は。でもイイダさんも光栄や、こんな歌に詠んでもらえて。

**山口**――本当はね、イイダは音楽も天才的だったんですよ。書く詞も素晴らしくてね。「悪い雨は予感を走らせる。ポツリポツリと口をきくのを望まれたから」。

**西**――うわー、詩人やねえ。

**山口**――イイダは今、実家の酒屋を継いでますけど、もし僕が大金持ちだったら雇いたいんですよ。サンボマスターの「イイダ」ってパートでね(笑)。

(二〇一〇年一月二十六日収録)

# ミラクルはこの国には馴染まぬ！

ゲスト　ともさかりえさん

女優。一九九二年、NHKドラマ『コラ！なんばしよっと』でデビュー。以後テレビ、映画、舞台で活躍中。また、雑誌でのエッセイ執筆など幅広いジャンルでも活躍。主な著書にエッセイ集『中身』。

お題其の五十六　空港

いつだって浮遊ではなく重力を噛みしめていた　ひこうきこわい

西加奈子

空港へ次訪れるその時は身内の誰か死んだ日だろう

せきしろ

西――今回は五つのお題をともさかさんが全部考えてくれて。

ともさか――素敵な短歌、期待してます！

西――ほんなら「空港」からいきましょうか。

せきしろ――……西さんの歌、オチが「まんじゅうこわい」みたいだぞ。

西——落語風にしてみてん。

せきしろ——これは、飛行機が怖いってことなのか？

西——飛行機は全然怖くないよ。そうやなくて、ウチな、海外旅行とかで飛行機に乗ると、飛んでいく楽しみより、帰国して現実に戻されることを考えがちで……。

ともさか——あ、わかる！　帰ってくるのが「こわい」んですよね。

西——そう。飛び立つときに「ああ、どうせまた帰ってくんねや」とか考えてしまうんです。

ともさか——私もそういうタイプかも。なんでですかね、そういうふうに考えてしまうのって。結果的に現実に戻る重さのほうがリアルだからなのかなあ。

西——よく、日曜の夜に『サザエさん』の主題歌聴くと「明日から仕事や」ってブルーになって『サザエさん』を楽しめへんっていうでしょ。それのひどいヤツやと思う。楽しいことが始まる前に、終わってしまうことを考える。だからホンマは空港に来ただけでダメなんよ。

せきしろ——「空港こわい」か（笑）。僕は逆に空港は好きなんだけど、飛行機が得意じゃない。だから、旅行のこととか考えるヒマもなく乗ったらすぐ目をつぶる。

ともさか——それは本当の「ひこうきこわい」ですね（笑）。

せきしろ——だから飛行機に乗るのは実家の北海道へ帰るときだけ。それ以外は乗らない。あと、空港っていろんなものがあって楽しいから好きなんだけど、半面、「今度ここに来るときは誰が死んだときなんだろう」とも思うんだ。
西――実家に帰るときだけ飛行機に乗るからそういうふうに思うんやね。
せきしろ――そう。年取って年々そう思うんだ。
西――辛いなあ。ていうか、せっかく「空港」って夢のあるお題を出してもらったのに、ふたりとも歌が辛すぎやんか(笑)。ごめんね、ともさかさん。
ともさか――ううん。飛行機に乗るのは苦手なほうだし、おふたりの辛さ、いろんな意味で「あるある」って頷けてしまうんですけど、私も(笑)。

## お題其の五十七　もしも

**もしもだよもしもの話私がさ　背中から声　時計点滅**　　せきしろ

**もしも、しか言わないお前、今すぐに幼い口を吸ってやろうか**　　西加奈子

西――せきしろさんの歌、女の人のことだよね。ウザいこといろいろ言う人ってこと?
せきしろ――いや、三年くらい付き合うと、次のステップに行く行かないの駆け引きが

さ（笑）。

**ともさか**――ああ～（笑）。

**西**――なるほどね！

**せきしろ**――で、まあ、そういう話を切り出されると、背中向けて寝たふりするんだけど、暗闇の中でステレオコンポの未調整のデジタル時計がゼロのまんまパッパッと点滅してて……。

**西**――悪りぃ男だなあ～（笑）。

**ともさか**――でも映像が浮かぶ。ドラマのワンシーンみたいに（笑）。

**せきしろ**――若いころの話ですから。年を取るとさすがにそういうことはもうないですよ（笑）。

**ともさか**――でも、そのときは切実だったんですね（笑）。彼女は何を言おうとしてたのかなあ。

**せきしろ**――今となってはわからないですけど、田舎に帰るとかそういうのじゃないですかね。

**ともさか**――カナシイかも。あのとき寝てたんじゃなくてじっと時計見てたと知ったら（笑）。西さんは、もしも彼女の立場だったらどうしますか？

**西**――ウチやったら厚かましいから起こす。背中叩いて「なあなあなあ、もしもウチがなあ……」（笑）。

一同――（爆笑）。

西――ともさかさんは？

ともさか――う～ん、そもそもそういうこと言えないんですよ、私。本当は、言っちゃいたいんですけどね。

西――あれやろ、せきしろさんの場合、言わへんかったら五年、十年、余裕で経つんやろ。

せきしろ――そうだな。

ともさか――ダメだ言わなきゃ（笑）。

せきしろ――なんか……スイマセン。いろいろ反省した。謝りたくなってきた。いろんな人に。

一同――（爆笑）。

せきしろ――西さんのはこれまた……オトナ短歌だなあ（笑）。

西――お得意の、官能短歌です（笑）。

ともさか――これは男目線の歌ってことなのかしら？

西――男でも女でも、「もしも」を言う相手を「うるさい！　口吸ってやろうか」って黙らせるという、そういう歌です（笑）。

ともさか――せきしろさんと対照的だ。

西――だから、この人だったら「もしも」って言う女の人に、背中を向けるんじゃなくて、振り返ってキスで黙らすんや、きっと。期せずしてアンサー短歌になってるね。
ともさか――西さんは、こういう力ずくな男性が好きなんですか？
西――全然！　こんなオレ様みたいな人、大嫌いです（笑）。

お題其の五十八　悲しみ

**僕だって馬鹿じゃないから笑えます　ひひひ　やはり悲しいから馬鹿**
**西加奈子**

**笑いあう夢から覚めてゆっくりと悲しみがくる　顔をしかめる**
**せきしろ**

ともさか――うわあ。なんかふたりともカナシイ歌だ……。なんだろ、特に西さんの歌のこの主人公、とてつもなくカナシイ気分にさせますけど……（笑）。
西――この人な、周囲の人にいつも「アホやアホや」と言われてて、「僕だってバカじゃないから笑えますよ」、って一応笑うんやけど、「自分はバカや」と改めて自覚するという（笑）。

ともさか――ツライです。それを自覚するのはカナシイしとってもツライ。

西――昔の知り合いにこういう人が実際におったんです。でも、ウチは大阪出身だからかもしれへんけど、「バカ」って「ほめ言葉」的なイメージがあって。「無茶なことをする大人」っていうイメージがあるんです。たとえば、若いころから音楽ばっかやってて、気づけば音楽も成功せえへん、かといって就職もできへん、もうこのまま「バカ」を貫くしかない、みたいな。そういう人が「バカ」なんじゃないかっていうのがあるんですよね。

ともさか――せきしろさんの歌もすごく切ない気分にさせますよね。

西――これ、すごいわかるわ。楽しい夢であればあるほど、現実との乖離がカナシイよね。

せきしろ――そう。もういない人のことだったりすると余計にね。

西――夢ってなんなんやろ。ともさかさんは夢見ますか？

ともさか――見ますね。すごく現実的な夢を見ます。リアルで具体的で。大体いつも知ってる人ばっかり出てくるから、寝ながら舌打ちしたりするんですよ。「まただ。イヤだなー」って寝言言ったりして（笑）。

西――ウチはスペクタクルな夢をよう見るんです。『北斗の拳』の世界に自分がいるとか。

せきしろ――なんだそれ（笑）。

ともさか――西さんは誰役なんですか?
西――ううん、西加奈子でおるねん、そこに。「うわ、ケンシロウが走ってる!」って。
せきしろ――お目出度いなあ。僕は怖い夢しか見ないよ。逃げたり追われたり、電話がかからなかったり、押しても押しても扉がぜんぜん開かなかったり。
西――それもまた疲れる夢やなあ。
ともさか――夢占いで調べてみたら深層心理がわかるかもしれませんよ。
せきしろ――最近は自分がすぐ死んじゃうようになっちゃって。昔は追い詰められてもなんとか生き延びてたのに、最近は「もういいや」ってあきらめるからすぐ死んじゃうんだよ(笑)。
西――生きる気力がなくなったんかい。カナシイな(笑)。

お題其の五十九　ミラクル

**ミラクルを約束した指切りの　指を洗って　洗って　ぬぐう　せきしろ**

**「奇跡」はそこいらに転がっているが「ミラクル」はこの国に馴染まぬ　西加奈子**

ともさか――あはははは（笑）。ひどい、せきしろさんの歌ひどい〜！

西――めっちゃ洗ってるやん！　なんちゅう男やねん（笑）。

せきしろ――いやいや。約束ってついしちゃうんだよ。毛頭叶えるつもりもないことを（笑）。

ともさか――つもりもないっ!!

せきしろ――いや、だから罪悪感があるのさ。指切りした後に。で、洗って洗って洗って拭うわけ。

西――約束を流すんや（笑）。

ともさか――つもりもないから（笑）。

せきしろ――ま、実際は洗わないですよ。でも、相手の感触とか残ってるから。「悪いな」って。

西――約束って「ホームラン打ってよ」とか、そういうのなん？

せきしろ――まあ……ね。つい約束しちゃうんだよな。絶対にできっこないのに……あははっ（笑）。

西――な〜に笑ってんねん！

せきしろ――いや、昔さ、「家賃半分出す」とかそういう約束したことあったなあ、って（笑）。

西――なんや、「家賃半分出す」のがミラクルなんかい！

せきしろ――そりゃ若いころはそれがミラクルの時代もあったさ。

ともさかか――でも、せきしろさんと「家賃半分、約束だよ」って指切りした時点で、私だったらわかりますね。「こりゃ絶対無理だな」って(笑)。だからその人も、せきしろさんが知らないところで洗ってたかもしれないですよ。「無理無理」って(笑)。

せきしろ――あはははは(笑)。

西――大人やなあ、ともさかさんは。現実的な思考をするほうですか。

ともさかか――かもしれないですね。でも、西さんの歌も、もっと現実的になれよってことですか?『ミラクル』はこの国に馴染まぬ」って。

西――鎖国です。

せきしろ――お得意の鎖国短歌か(笑)。

西――「ミラクル」と「奇跡」って同じ意味の言葉なんやけど、日本では「ミラクル」のほうが全然起こらなさそうなことで、「奇跡」のほうがちょいちょい起こることのような気がするんですよ。「出会えたのが奇跡やね」とかそういうの、みんなよく言うでしょ。日本人的感覚には神がかった「奇跡」のほうがしっくりくる、と、そういうことを言ってるおじいさんの歌なんですよ、これは(笑)。

せきしろ――え? これ、おじいさんか!

西――「馴染まぬ!」(笑)。

せきしろ――でも「ミラクル」だってあるよ日本には。長嶋監督とかさ。

ともさか――メイク・ミラクル（笑）。
西――長嶋さんは特別やわ。英語でも神がかってるから（笑）。

お題其の六十　雨降り

**雨降って地固まらず雨降って泥　雨降って泥々雨、雨　西加奈子**

**雨降って雪になって朝雨に　降雪知らぬ午後三時起き　せきしろ**

ともさか――西さんの歌、「雨」が五個も入ってる。で、結局、泥になっちゃったんだ（笑）。
西――農家の方には失礼やと思うんやけど、ウチ、雨って究極の嫌がらせのように感じてしまうんです。だから「雨降って地固まる」はウソや！　ドロドロや！　って（笑）。ウチにとって、雨降りは「泣きっ面に蜂」。イヤな気分に追い打ちをかけるものでしかないんです。
ともさか――雨は気分が滅入りますよねえ。外に出るのがおっくうになりますし。
西――あと、すごくカナシイとき、「今こそ雨降れや！」ってときに超天気がエエねん。

自然には抗《あらが》えへんとわかっているけど腹が立つ（笑）。せきしろさんはそういうのない？

せきしろ――起きたら今日は天気だったのか雨だったのか、まるでわからんときがあるからな。

一同――（爆笑）。

ともさか――せきしろさんは、起きたら雪がやんで解けてなくなってたんですもんね（笑）。

西――「午後三時起き」やもん。「雪すごかったね」って言われても話についていかれへんやん。罪悪感とかあらへんの？

せきしろ――もう慣れてるからな。でも三時に起きると『ミヤネ屋』とか楽しい番組をやってるからまだいい。四時起きは最悪だ。相撲か『水戸黄門』しかやってなくて悲しくなる。

西――あげく、近所の学校から下校の音楽も聞こえてくるしな（笑）。ともさかさんはどうですか？

ともさか――私は子供がいますから。子供を持つ前は夜型でしたけど、今は息子の生活のリズムに合わせざるを得ないですから早寝早起きになりました。

西――息子さんはお幾つに？

ともさか――今年六歳になります。最近はベラベラしゃべるようになってきたので、一緒にいるととっても面白いですね。

**西**――お母さんがテレビに出てるのはわかってるんですか？

**ともさか**――わかってはいるけど、不思議みたいです。仕事だと説明してるんですけど、ドラマとか観て「なんであんな服着てんの？」って（笑）。

**西**――かわいい！　そんな息子がそのうち中学生くらいになって彼女とか連れてきたら！

**ともさか**――溺愛してますから。イヤかもしれないです（笑）。

**せきしろ**――息子さん、将来どんなふうになるのか楽しみでもあり、不安でもあり。

**西**――アンタみたいに午後三時に目覚める男にだけはならへんから大丈夫（笑）。

# 女の人はケンカ中でもちゃんとご飯を作ってくれるんだよね。

ゲスト　入山法子さん

女優。二〇〇四年、『週刊朝日』表紙でモデル、ドラマ『マイ☆ボス　マイ☆ヒーロー』で女優デビュー。以後、ドラマや映画で活躍。二〇一四年秋、自身がデザインするアクセサリーブランド「vetronome」誕生。

お題其の六十一　ゆずこしょう

控えめにのった箸先ぴりりと香りその一口で食卓色づく　入山法子

喧嘩しているがご飯は作ってある　柚子胡椒まで用意してある　せきしろ

少し邪魔とは言いづらい恋人の見舞いとおすすめのゆず胡椒　西加奈子

入山――私、ゆずこしょうが大好きなんです。ストックを切らさないようにしてるほどで。物産展に行くとついつい買ってしまうんです。

西――そんなに好きなんや！

入山――お鍋や湯豆腐だけじゃなく、お味噌汁とか普段食べているものに少し加えても美味しいんです。それこそ「色づく」というか。そこが好きだな、って思うんです。

西――「ゆずこしょうみたいな存在の人」って歌にも読めるもんね。

入山――すごく憧れますね。普段は目立たないけれど、その人が入ると場が引き締まる、そういう存在の人。

西――いるいる。せきしろさんや。

せきしろ――ん、僕？

西――聞いてへんし（笑）。

せきしろ――いや、入山さんの短歌は美しいな、と。

西――なあ。惚れてまうよなあ。入山さんはどんな本が好きなん？

入山――本は何でも好きです。このあいだ読んだミヒャエル・エンデの短編集、とっても面白かったんです。

西――素敵やわ。冷蔵庫にはゆずこしょう、本棚にはエンデの短編集。こりゃ絶対モテる女やわ。大概の男は落ちるで（笑）。

入山――そんなあ（笑）。

せきしろ――コンビニで売ってる廉価版の漫画が本棚にあるのと大違いだな。

西――それは安い女感が出るからアカンわ（笑）。ほんなら、冷蔵庫にこれ入ってたらイヤやっていうのは？

せきしろ——湿布だな。

一同——(爆笑)。

西——せきしろさんの歌、いい女やん。最高の女やんか。

せきしろ——女の人ってケンカしてもご飯だけは作ったりするでしょ。

西——作るよ。ウチは作る。ゆずこしょうは用意せえへんけど(笑)。

せきしろ——でも、ゆずこしょうまで用意してあると「もう怒ってないのかな」と思うんだけど、まだまだ怒ってたりするんだ(笑)。

入山——ゆずこしょうはやさしさですよ。そういう気遣いをわかってほしい、ホントは仲直りしたいっていうサインなんですよ。

せきしろ——なるほど。となると、あとは僕が謝るタイミングだな。『関口宏の東京フレンドパークⅡ』を見ながらタイミングをうかがったりするんだ。元木(大介)が壁に張り付くやつを失敗したり、出前のソバをひっくり返したりするのを笑ったりしながら。

一同——(爆笑)。

入山——西さんは、ゆずこしょう、あんまり好きじゃないんですか？

西——好きやけど、たとえばお店で「ゆずこしょうで食べてみてください」とかオススメされると「いやウチはしょうゆで」とか言い出せへんやろ？　ゆずこしょうで食べへんかったら「センスない」と思われそうやし。それと同じなんが「恋人の看病」やと思うねん（笑）。風邪ひいたときに家にやってきて「大丈夫か？ ヨーグルト食べるか？」みたいな人おるやん。静かに寝かしといてくれへん人。あげく「お粥作ったる」って腕まくりして。でも、お粥、美味しくないやん。味せえへんし。

**せきしろ**――確かにな。枕元にスポーツドリンクだけさりげなく置いといてくれればそれでいいんだけどな。

**西**――そうやろ。善意はわかるけど。

**せきしろ**――まあ、僕的にいちばんベストなのは「枕元に五千円札」だけどな。

**西**――それ最低や（笑）。

**入山**――でも、ゆずこしょうは好きですけど、恋人の断れない看病、その気分、私もよくわかります。

**西**――でもウチはそういうの、やりがちなんよ（笑）。恋人が倒れたら張り切って看病行っててん。それがダメやったんやと、最近ようやくわかったから、自戒を込めて歌にしてみました（笑）。

お題其の六十二　スペシャル

寝る前にあれこれ塗り込みうるる肌
笑顔のあなた会えるどきどき　　入山法子

キミのためだけに作った言い訳でただの言い訳ではなく特別！　　せきしろ

誕生日やクリスマスや祝日に恋人たちは喧嘩するもの　　西加奈子

西——うるる肌かあ！　めっちゃかわいい歌やわあ！
入山——「スペシャル」だし初々しい感じを出せればと思ったんです。初デートとか、初めてふたりで会うとか、そういう日の前の夜はドキドキするじゃないですか。だからスキンケアとドキドキもスペシャルで。
西——もしかして入山さん、デートの待ち合わせ場所に早めに着いたら、駅にあるスピード写真機の鏡とかで髪形整えるタイプちゃう？
入山——そうかもしれません（笑）。
せきしろ——うわ、かわいすぎる！

西――入山さんはどんなタイプが好きですか。

入山――タイプは特に決まってないです。でも、好きになられるより自分から好きになるほうではありますね。

西――ほー！　この歌の恋の相手は年上っぽいなと思ったんですけど。

入山――わかりますか？　歌を作ったとき「あなた」は高校の同級生とかではないなと思ってたんです。「あれこれ塗り込み」は背伸びをしてる女の子。恋の相手はドキドキさせてくれる年上かな、と。

せきしろ――あらら！

西――せきしろさん、何やねん。

せきしろ――僕、赤信号なのに横断歩道を渡ったりしますよ。

西――しかもゆっくり渡るんやろ……って、そんなドキドキいらんわ！

入山――……？

西――入山さん自身は同級生、年上、年下、何派なんですか？

入山――結果的に年上の方が多いです。でも、年を重ねると年下もオッケーになったりするんでしょうか？

西――全然なります（即答）。女も三十を過ぎると年下なんか全然オッケーですよ。年上言うたら四十〜五十歳代。真剣な話、いいなと思う年上は結婚してるし、ポックリ逝かれてしまう場合もあるし。

一同——（爆笑）。

西——うわあ〜、ダメ男の歌やん、せきしろさん。どういう言い訳なんやこれ。

せきしろ——ただの言い訳じゃないんだ。「キミのためだけ」だから。

西——全然うれしくないわ。

入山——それに女性としては「キミのためだけに作った言い訳」って言われた瞬間、「他の女性にもしてるんだな」って思いますよね。

西——かしこい！　ホンマそうや！「他の女への言い訳は〝ザコ言い訳〟やけど」ってことやもん。

せきしろ——そうそうそう。

西——そもそも、どういう言い訳よ、「特別な言い訳」って。

せきしろ——待ち合わせに遅刻したとするじゃん。普通の人には「電車が遅れたから」と言い訳するんだけど、特別な人には「花を選んでたから」と言うんだよ。

西——古いわ！

せきしろ——あるいは「妊婦を助けてた」。

西——なんやそれ！　でもそこまでアッパレな言い訳されたら「もうエエわ」って許す気になるな。

せきしろ——だろ？

西——ヒドい言い訳っていえば、ウチの友だち、「宅配便待たなアカンから行かれへん」

てデートを断られてしまったことがあるんや。

せきしろ——僕も宅配便の言い訳は使ったことがある……ような……(笑)。

西——えー!! ヒドいわあ!!

入山——スペシャルな言い訳には用心しないとダメってことですね。

西——スペシャルで張り切りすぎてケンカするパターン、恋人たちには多いんかなと思うんです。楽しみにしすぎて完璧にしすぎてちょっとしたことでイラついて、結局ケンカになるパターン。

せきしろ——なぜなんだか、出かける前にケンカしない? 恋人でも親とか家族でも。「帽子がない」とか「この服じゃない」とか「水筒、玄関まで持ってきてたのに持って出るの忘れた」とか。

西——で、めっちゃテンション下がって、あげく渋滞でイライラして。

入山——スケジュール通りに事が運ばないから楽しいはずのお出かけもどんどんしぼんでいって。みんなもどんどん無口になって(笑)。

西——成人式のとき、ウチが振袖着てるから家族みんなで写真を撮ろうってなったんやけど、お父さんが「なんや! シャッターおりへん! 壊れてる! 誰が壊したんや!」ってものすごい剣幕で、せっかくのスペシャルの日なのにめっちゃ怒りだしてん。ウチ、すげえ悲しなって泣いて。せやからウチの成人式の写真、どれもこれも目が腫れてるんよ(笑)。

お題其の六十三　うなずく

「聞いてるの？」聞き役徹してみたけれど
疑い晴れぬ赤べこ相づち　入山法子

まだいたい？　それとも帰る？
どちらにもうなずく子供どちらも本気　西加奈子

何回もきき返すのは悪いから一か八かで頷き肯定　せきしろ

入山――私、結構うなずいてることが多いんですよ。「うんうんうん」って。気がつくとうなずいてる。クセなんですかね。だからこれを短歌にしたら面白いかな、って思ったんですけど。

西――前に上海に行ったとき、いろんな所で中国人に「あなた日本人でしょ」って言われて。「なんでわかるんですか？」って聞いたら、「しゃべるときにうなずくのは日本人だけだ」って。確かにそうやねん。見てると中国人はうなずかない。（目を見張って微動だにせず）「アー、アー、アー」って、こんなんして聞いてはるもん。

一同――（爆笑）。

西――「赤べこ相づち」ね(笑)。入山さんは聞き役が多いですか?

入山――そうですね。「聞いてるの?」って実際に言われたわけじゃないんですけど、そう思われないようにしようとはいつも思ってます。でも、私、話を聞くのが好きなんです。だからたとえ同じ話をされてもイヤじゃない。初めて聞いたみたいな顔をして聞けるんです。

西――やさしい! ……って、せきしろさんは? 話、聞いてる?

せきしろ――聞いてる。ちゃんと聞いてる。隣のテーブルの話まで聞いてる。でも、聞いてないと思われることが多くて。それはたぶん僕がうなずかないからだと思うんだ。心の中ではすっごいうなずいてるんだけどな。

西――メールもすぐ返信してくれへんもんな。

せきしろ――読んでうなずいてすぐ閉じるからな。

一同――(爆笑)。

入山――西さんの歌、すごくかわいいです!

西――ウチ、こういう子供やったんです。でも、そのまま大人になってしまって。今でも友達なんかに「生にする? 瓶ビールにする?」って聞かれるとどっちも「うん」って言ってしまう。

入山――それはネガティブな意味の「どっちでもいい」ではない?

西――生も瓶もどっちも飲みたい。どっちも好き。だから決められへん。「帰る? もう一軒行く?」も「うん」って答える。どっちもしたいから。ある意味、ウソがないねん。どっちも一〇〇。

入山――でも私もそうです。どっちも一〇〇のときは、私も「うん」って言ってしまいます。

西――もしかして、自販機で迷ったとき、同時に押したりするほう?

入山――あ、やる! やります!

西――せきしろさんは?

せきしろ――僕は任せる。誰かに決めてもらう。いろって言われればいる、帰れって言われれば帰る。

西――せきしろさんは店で注文もできへんもんな。

入山――え? 店員さんを呼べないんですか?

せきしろ――呼べません。「呼んで気づいてもらえなかったらどうしよう」と思うと怖くて呼べないんですよ。

入山――うわあ、一緒です! 私も誰かに注文してもらわないとダメなんです!

西――ウチ、気づいてもらってないテーブルの人のために店員さんを呼んだったことまであるのに。

せきしろ――最悪だ。そんなことされたら恥ずかしくてしょうがない。

入山――私も! 恥ずかしすぎてその場で死んじゃうかも!

西――えー！　そんなんやったら、ふたりで出かけても何も注文できへんやん。
入山――ピンポンのあるレストランはいいんですけどね。あと長い名前のメニュー、言えなくないですか？
せきしろ――言えません。「キャラメルマキアート」でさえ長いです（笑）。
西――ウチ、すごく声のちっちゃい人の話を、疲れて途中で聞き取るのをあきらめたことがあって。そしたら相手になんや質問されてたらしく。でも何言ってるんかようわからん。イチかバチかで「なるほどねー」って返してみたけど間違えてた（笑）。せきしろさんの歌、そういうことでしょ。
せきしろ――一回は聞き返すけど、二回目以降は悪いから聞き返せないもん。
入山――電話のときはどうしますか？
せきしろ――一旦切ってかけ直します。「ごめん、さっき切れたけど」って。
西――うわ、そこまでするんや！
せきしろ――これでも、いろいろと気を使って生きてるんですよ。

# 「日本」というお題で短歌を詠むのは非常に難しいんです。

ゲスト―穂村 弘さん

西さんとせきしろさんが短歌を始めて一年半が経ちました。短歌初心者だったふたりの成長を、歌人の穂村弘さんに見て頂くことになりました。

**穂村**――あれから一年半ですか。

**西**――上手くなってるんかどうか、自分らではようわからんので穂村さんに見てもらいたくて。

**穂村**――でもねえ、短歌ってやればやるほどヘタになるっていうのが有名なジャンルだから(笑)。

**西**――え、そうなんですか⁉ 年齢を重ねれば重ねるほど味が出るもんやと思ってた。

**穂村**――最高傑作が十代のときに書いたデビュー作で、その後二十代、三十代、四十代と沈黙してしまった歌人とかいますからね。

**西**――俳句もですか？

**穂村**――俳句は季語とかがあってスキルの領域が短歌よりは大きいので、知識や経験値を積んでいくことで上手くなるんです。でも、短歌はエモーションが関与する部分が俳句より大きい。特殊な思考回路を持ってたりものすごく辛い目に連続的に遭ったりすればいいんだけど、平和に生きているとどんどんヘタになるんですよ。
西――せやから女の歌人って劇的な人生を送る人が多いんかな。
穂村――女性はエモーショナルに生きる人が多いので枯渇しないですよね。
西――そうなんや。ちょっと、どうする？
せきしろ――じゃあ世捨て人になるしかないな（笑）。

### お題其の六十四　鳴る

**銅鑼鳴らす華僑の顔は晴れやかだ　僕は別れを告げられている**
**西加奈子**

**自転車のベルを鳴らされすぐ避ける　まだ鳴らしてる　そういう人か**
**せきしろ**

穂村――西さんの歌は対比が良いですね。「銅鑼《どら》鳴らす華僑の顔は晴れやかだ」という、楽しげな情景から一転して「別れを告げられている」情景になる。良いと思います。そしてもうひとつ。無意識かもしれないけれど、「僕」という一人称も良いですね。短歌の場合、一人称は本人なので、女性の場合「僕」はあり得ないはずですが、実際は「僕」と書く女性は多いんです。

**西**――それは意識してへんかった。なんで「僕」なんやろ。そもそも新宿の中華料理屋でドラを鳴らす店があるんです。もし自分がこの店で恋人に別れを告げられたとして、ドラの音が「ジャーン」と鳴ったらマヌケやなって。得意げな顔をしてドラを鳴らしてる店員もシャクに障るし(笑)。悲しい気分に追い打ちをかけられるなあ、って。

**穂村**――そこで「私は別れを告げられている」とすると、すごくウェットになりますよね。それを無意識に避けようとして「僕」と書きたくなるんじゃないのかな。

**西**――そうかもしれないです。

**穂村**――せきしろさんの歌は、最後の「そういう人か」につきますね。ここが圧倒的に非凡です。普通はここを「しつこい人だ」と書きがちです。そう書いたほうが、読者への情報伝達が早くなりますから。でもそこで「そういう人か」とすると、読者は「そういう人」の内実を一〜二秒考える。この一〜二秒がポイントなんです。つまり、読者がこの歌に参加できる、短歌の中に一体化できるんです。秀逸な歌だと思いますね。

**せきしろ**――僕、自転車に乗っててベルを一度も鳴らしたことがないんですよ。だから、鳴らす人の気持ちがよくわからないんですよ。

**穂村**——それ、わかりますね。僕も同じです。車のクラクションを一度も鳴らしたことがない。
**西**——え？　何で？　ウチは鳴らすよ。「すいませ〜ん。リンリンリン〜」。
**穂村**——それは凄い。ずいぶんと世界を信頼してるよね（笑）。
**西**——でも、あれ、鳴らさないとキケンじゃない？　違う？
**せきしろ**——そういうとき、僕は鳴らさずに黙って自転車を降りる。ていうか、鳴らす勇気があれば今ごろ出世してるよ（笑）。
**穂村**——あと、この歌の良い点は字数が合ってることですかね。
**一同**——（爆笑）。
**穂村**——最初のとき、言葉が溢れて五七五七七の中に収まらなかったことを考えると進歩したんだなと感慨深いですよ（笑）。

**女子の手に虫刺されの跡見つけなんか嫌いに　自分のは良い　せきしろ**

**好きな花聞かれてあの娘迷わずにかすみ草って答えはってん！　西加奈子**

西——せきしろさんの歌、ヒドい（笑）。そういう男子の気持ち、わからんではないけど。

せきしろ——なんかヤなんだ。虫刺されとか、痒いの掻いた跡とかを見つけるとなんか嫌いになる。

穂村——でも逆もあるよね。僕はわりと、踵《かかと》が汚かったりするとドキッとするんだけれど（笑）。

西——え!?　踵が鏡餅みたいになってるコにソソられるんや。それも特殊（笑）。

穂村——BCG接種の跡とかは？

せきしろ——注射跡は気にならないんですけど。

穂村——歯列矯正とか。

西——好き！　歯列矯正、めっちゃセクシーやない？

穂村——僕も結構好きなんだけど。

せきしろ――拘束系はアリだな。鉄仮面とか。

西――鉄仮面はナイよ（笑）。

穂村――せきしろさんの歌は、最後がすばらしい。「自分のは良い」。これがないとブーイングが起きかねない。それを、一歩ふみこんで自分のことにまで言及することで回避している。コントロールが効いていますよ、せきしろさんはいつもながら（笑）。自己客観視が出来ているんですよね。「これが理不尽だということをオレはわかっているんだよ」というカードを最後に切ることで、読み手を納得させるという。

西――なるほどー！

せきしろ――な。母性、くすぐるだろ。

西――アンタ、なんやねん！

穂村――でも、母性をくすぐることに関しては、せきしろさんは姑息なまでにデリケートなタッチをお持ちですよ（笑）。そこがたまらんと思う女子もたくさんいるでしょう。

西――でも、この歌で、たまらんと思う女子はごく少数やで。

穂村――そこなんですよ。せきしろさんは一本釣りを狙ってるでしょ。これをわかってくれなきゃそれでいい、みたいな（笑）。

せきしろ――この手しかないんです。

一同――（爆笑）。

穂村――西さんの歌も最後の言葉が秀逸ですよね。「はってん」。口語体で短歌を詠むとき、口語は文語に比べるとバリエーションが少ないと言われがちなんです。確かに和歌を詠むとそうなんです。でも、口語の場合、方言まで含めるとバリエーションはすごく広がる。「答えはってん!」。僕はこういう終わり方をしたことがないので、なるほどこういうパターンがあるんだな、と新鮮に思いますね。しかも「はってん」は関西弁の微妙な敬語でしょ。敬語にすることで、かすみ草を好きだという女子を否定し揶揄《やゆ》する気持ちと羨望の気持ちを絶妙に表現している。だから読者が負の感情を抱かない。ナチュラルに共感を得られるんです。そこを上手くついてきてると思いますね。あと、せきしろさんの歌と一緒で、これも非常に西さんが浮かぶ。僕は、西さんはホントはかすみ草が好きなんじゃないかと思うんだけど。どこまでも西さんの皮を剝いていくと「かすみ草を好きと言えない私」っていう西さんが出てくるんじゃないか、と(笑)。

**西**――えー! イヤやわあ。かすみ草、なんやむず痒いねん。ウチは、ダリヤとか芍薬とか、ごっつい花が好きやし。でも、女の子って年齢によって好きな花が変わってくるねん。二十歳ぐらいだとガーベラとかを好きになりがちやけど、三十過ぎると紫陽花《あじさい》の良さに気づくねん。

**穂村**――じゃあ、そのうち正直にかすみ草が好きって言える日もやってくるんじゃない?

**西**――だから好きちゃいますって!

**蛇雫砂浜虱手術痕瞳孔立夏　最初の写真　西加奈子**

**理容室　干されたタオル反射して　輝くカットモデルの写真　せきしろ**

**西**――ウチの歌は単純。「きらきら」やと思うものを並べてみただけなんやけど。

**せきしろ**――「蛇雫砂浜虱手術痕瞳孔立夏」。全部漢字。お経みたいだ。……偉いぞ、字数合ってる。

**西**――何その上から目線（笑）。

**せきしろ**――「虱」って、風のなり損ないみたいの、これなんだ？

**西**――「シラミ」です。

**穂村**――ここまで徹底して漢字で表現しているのは独創的だし、言葉のチョイスも西さんらしい。「手術痕」が「きらきら」という感覚もいいです。過去は目に見えないけれど「手術痕」は、その人の過去をハッキリ見ることができますからね。でも、「蛇」で始まるのはちょっと強打かな。一般的に「きらきら」を連想しやすいものから始めるほうがいいかもしれないですね。

**西**――蛇を頭にしたんは、この歌を考えようと思ったとき、道ばたでアオダイショウを見かけたからです。シラミは、子どものころカイロに住んでたとき、頭にシラミがわいたことがあって（笑）。取ってみたら卵が「きらきら」で。めっちゃキレイやな、って。

**穂村**――「最初の写真」って何だろう。生まれて初めての写真？　恋の始まりの写真？

**西**――恋人とふたりで撮った初めての写真。なんにしてもまだ慣れてないものが「きらきら」してるような気がするんです。

**穂村**――写真は取っておく派ですか？　歴代の彼氏の写真とか。

**西**――取っておくというより、アルバムに普通に入ってるからそのままになってますね。

**穂村**――僕はまるで財産のように大切に取っておきますけれど（笑）。

**一同**――（爆笑）。

**穂村**――せきしろさんの歌も写真ですね。「干されたタオル反射して」はどういう状況なのかな？

**せきしろ**――太陽の光が白いタオルに反射して、ということです。

**穂村**――なるほど。それで理容室のカットモデルの写真が「きらきら」輝いている、と。しかしカットモデルって、本来はカッコ良くなくちゃいけない存在なのに、ひどくダサいものの象徴なのが不思議だよね。だからこそ、せきしろさんの歌になるんだけど（笑）。

**せきしろ**――なんていうのか、時代錯誤感なのか、理容室のモデルには一切リアリティがない（笑）。だから「きらきら」してるんだと思います。

## お題其の六十七 臍

**お元気でもう会いません　私は世界の臍に向かっています　　西加奈子**

**お前の母ちゃんデベソ　かもしれぬが優しい人だ　大切にしろ　　せきしろ**

穂村――短歌では、苦しくなったら体の一部分を入れて詠むといい、というのがセオリーなんですね。その中で、いちばんハードルが高いと思われるのが「臍《へそ》」なんです。だからワザとこの題を出してみたんですけどね（笑）。なぜ難しいかというと、体の中心にあるということと、生命の連鎖を司《つかさど》るイメージ、母体から子供への連続性ですよね。命のど真ん中を象徴してしまっているので、角度をつけ難い。それくらい難しいほうがどんなものがでるか楽しみかな、と。

西――めっちゃ難しかった。

せきしろ――僕も出臍くらいしか思いつかなかった。

穂村――西さんのはいいですね。これはいい歌です。たとえば、これを台無しにするのは簡単なんです。「世界の果てに向かっています」と書けばいい。「もう会わない」という言葉と、遠い端のほうへ向かうというのはセットですから。でも西さんは逆。会わない……会わないかわりに世界の臍に向かうという。別離に対しての本気さを感じさせますよね。世界の臍がどこかはわからないけど、物理的な臍というより、自分の中の世界地図の中心、誰かとは一緒に行くことの出来ない自分の世界の臍、つまり、自分の本来の居場所、みたいなことだと思うんです。ハイレベルな別れのように感じられるというのかな。相手には敬意と愛情は残したまま、何かを摑みたい、という別れ。そんなふうに読めますね。

せきしろ――世界の臍か。僕にとっては旭川なんだけど。

穂村――それは北海道の臍ってことでしょ（笑）。

せきしろ――富良野で「（北海）へそ祭り」とかやってるんですよ。

西――あははは（笑）。みんなで臍出して踊るんや。誰かの出臍も奉られてて。ミス・ヘソもおる（笑）。

穂村――なんか猟奇的な祭りを想像してしまいましたけど（笑）。

西――最初、「臍」って言われてパッと思いついたんが、小っちゃいころによう観てた『アメリカ横断ウルトラクイズ』。オレゴン州かなんかの田舎町でクイズやってたんやけど、司会の福留（功男）さんが、「私たちは今アメリカの臍にいるんです」って言ったのをすっごい覚えてて。アメリカの臍におるっていいなあって。何て言うんかな、「世界の臍」はボロボロの人が向かうべき場所やと思うんです。ボロボロになったほうが勝ちやん、恋愛は。裏切られたときに自分の中から湧き上がってくる強さがひとりで臍に向かわせるというか。女の子がひとりで車を運転してるような、そんなイメージ。彼とは違うところへ行くんやという決意を持って。

**穂村**——恋愛していると、お互いの臍のブレンド臍というものができるじゃない。いろんなジャンルにおいて。趣味でも食べ物でも旅行の計画でも。でもそれが大きなテーマになると、たとえば将来像だったりすると、段々とブレンドするのが難しくなってくる。そうすると、日本は女性のほうが男性に譲る率がまだまだ高いから、「私が別れるからには、本来の自分の場所に戻る」ということになる。見方によってはそれは幸運なことでもある。ある普遍性を獲得できている歌だと思いますね。

**せきしろ**——よくできてる。僕は出臍くらいしか思いつかなかったのに。

**穂村**——「お前の母ちゃんデベソ」、これは慣用句の本歌取りですよね。

**せきしろ**——これって、悪口の中で唯一直接的じゃないものなんですよ。悪口相手のお母さんをさげすむ悪口で。だから、言っちゃいけないんだとわかっていつつ、でもつい言ってしまったとき、「あ、でも違うよ、そういうつもりじゃないんだよ」っていう(笑)。

**西**——こんなん、いつできた悪口なんやろ。

**穂村**——やっぱり生命の連鎖みたいなものが「デベソ」には意識されていると思うんで

すよね。その生命性みたいなものをこの歌もまた踏まえてる。だから「大切にしろ」、その唯一無二性の象徴として、臍はやっぱりここにある、という。ポイントは三句目ですかね。「優しい人だ」は決めつけじゃないですか。たとえ優しくない人だったとしても親には交換要員がいない。交換不可能なことは最初からわかっているわけだから、この決めつけには愛があるんだ、とせきしろさんは言いたいわけだ（笑）。その辺の感覚が常にせきしろさんはデリケートですよね。地雷を絶対に踏まない。読んだ人が絶対に不快にならないところで強く出てくる、という。せきしろさんならではですね。

**せきしろ**――出臍っていうとすぐ思い浮かぶのがこの「お前の母ちゃん」の悪口と、あと、北原白秋の歌なんですよ。「ほそぼそと出臍の小児《こども》笛を吹く紫蘇の畑の春のゆふぐれ」。小学生のとき教科書にあって。

**西**――出臍、別れ話に似合わないよね。

**穂村**――確かにそれはまるっきり似合わないね。

**西**――昔付き合ってた人がすごい出臍で。それですごく好きになったんやけど、喧嘩してても「でもこいつ、デベソやもんな」って思うと、なんか可笑《おか》しくて（笑）。

お題其の六十八　日本

日本には四季があるから夏が来る
日傘が少女を黒く守る　せきしろ
馬面の鳥目の猫毛の鷲鼻の邦人の犬死の話　西加奈子

西――壮大なお題やなあ。
穂村――難しいですよね。難しいのはなぜだろう、というのは最近すごくよく考えるんですよ。他の国でも難しいのか、というと必ずしもそんなことはないと思うんですよ。やはり「日本」というのは歴史的な背景によってアイデンティティが見えなくなってしまっている、というのはあると思うんですけどね。どこに誇りを持っていいのかわからない、という。
西――あー、めっちゃ難しい。
せきしろ――難しい。とりあえず書いてはみたけど……。
穂村――……なるほど。せきしろさんのポイントは「黒く守る」ですよね、やっぱり。ここに何かポエジーがあるように感じますよね。普通守るイメージって黒ではない。でもここに黒がくることで、何か詩的な逆転を感じますよね。自分が日傘を差してるんじゃないかもしれない……。

**せきしろ**――うーん……。なんていうか、僕はやっぱり全然踏み込めない。日本には踏み込めない。逃げたくなる。

**西**――黒い日傘？

**穂村**――塚本邦雄が日本を詠んだ歌で「のぞみて日本に生れしならず肉色に聖十二月のこほる人参」という歌があるんだけれど、でもね、そこまで僕らが詠めるかというと、戦争体験があるわけじゃないから断言できないじゃない。でもせきしろさんの「夏が来る」と「黒く守る」にかすかに戦争のイメージがあるような気がしてしまうんですよね。それが終戦なのか空襲なのか原爆なのかはわからない。もちろん、日傘ではどれも守ることもできない。この歌は、題を意識していなければ、「日本には四季があるから夏が来る」という上の句は当たり前すぎて不要なんですよ。日本の夏の描写を書くだけならば、「日傘が少女を黒く守れり」とすれば、それで情景描写になる。普通の短歌として成立する。でもそこに「日本」という言葉が入ってきただけで、たとえば原爆で一瞬にして蒸発してしまって今はもう存在しなくなった少女のイメージが浮かんでくる。どこかに罪悪感のようなものがある。無罪ではない自分を罪のない少女とからめて歌にするというのは、やはりハードルが上がりますよね。

**せきしろ**――だからこれ以上は自分を出せないんですよ。これ以上書くと嘘になるし。あいまいにあいまいにしたい、という。でも、そういうことを抜きにして、夏の情景として、日傘をさしてる人がいる、というのは好きな情景ではあるんです。ただ、誰もいないのに、日傘さしてる女の人を見るとすごく怖いときがあるんですよ。その怖さを出したかったというのはありますね。

**西**――のっぺらぼうに見えるよね。なんで日傘って怖いんだろう。シンとしたイメージなんよね。

**せきしろ**――そうそう。音がないイメージなんだ。日傘って。

**穂村**――西さんの歌は……日本語に取り囲まれてますよね。

**西**――動物短歌です（笑）。

**穂村**――日本語の形容で、それが全部動物づくしになっている。でも最後が「犬死の話」。不穏な終わり方をしているのが面白いですよね。じゃあ「邦人の犬死」の反対は何かと考えると、「邦人の本懐」ってことでしょう。それが、時代によって、戦死だったり、会社での出世だったりした。でも、今の我々の時代は、それらに値する本懐を持っていない。この世でいい目を見て老衰で死にたいみたいなことなのか。そうじゃない。でもそうじゃないとは思うんだけど、それじゃあ何なのか。いい目を見て老衰で死ぬ以外の、他者にやさしくして死にたいみたいなルートが見えなくなっている。その焦燥感というのと、この歌がどこかで結びついている気がすごくするんですよね。本物の人間になり得ないカンジというのかな。たとえば、人生のルーレットが回ってるとする。人間というところにルーレットが止まることなく、馬、鳥、猫、鷲、ときて、最後は犬で死ぬ、という。これは意外なほど男性的な歌ですよね。僕は、日本はまだまだ女性と男性と本懐の捉え方が違うと思っていたんです。女性だと人によっては、子供を産んで育てて死ねればそれが本懐だと思っている。あるいは、女性としてあるジャンルの道を切り開いて死ねればそれで本懐だとか。でも、この歌は僕なんかの日本というものに対する感覚にヒットする。日本男性が抱えている混乱と一緒だな、と。大変意外な歌ですね。西さんからそれが出てくる、というのが。非常に怖い。その怖さをすごく伝えていると思いますね。

**せきしろ**――でも、よく「邦人」なんて言葉を思いついたよね。

**西**――邦人女性とか邦人男性が事故で死んだ、っていうニュースを聞くと、なんやのっぺらぼうなカンジがするんですよ。

**穂村**――そうなんだよね。ニュースのときだけ「邦人」っていうんだよね。「日本人が死にました」というより、なめらかなカンジがするからなのか。

**西**――それにしても、ふたりとも「ワールドカップでがんばれ日本」みたいな歌になれへんかった。

**穂村**――そもそも、このふたりではそれは出てこないでしょう(笑)。

お題其の六十九　エロチックな歌

**処女短歌　大人の短歌　夜の短歌　濡れた短歌　あっちの短歌**
**せきしろ**

**ちゃつぼにおわれてとっぴんしゃん**
**ぬけたらどんどこしょと少女たちが**
**西加奈子**

**穂村**――だからといってこういう題を出しても君たちは上手く避ける（笑）。
**せきしろ**――一応、知ってる限りのできるだけエロチックな言葉を集めてみたんですけど。
**西**――「あっちの短歌」ってなんやねん。
**せきしろ**――あっちの短歌。ヤらしいだろ。
**西**――それは言い方がヤらしいだけやん。
**一同**――（爆笑）。
**穂村**――でも、確かに、（笑福亭）鶴光がこれを読み上げたらエロさは倍増するよね（笑）。あるいは、妙にかすれた声で囁くように読むとか。昔、誰かがラジオで「ウルトラマンが飛んでる」ってものすごいウィスパー・ボイスで言ったんですよ。僕は衝撃を受けましたね。それからはウルトラマンがものすごくエロく見えるようになってしまって。あのツルッとしたボディもそれを増長させるというか（笑）。

**西**——エロチックやない題のときは「官能短歌です」とかってよく詠むんやけど、こうストレートに題がくると詠めへん。ていうか、ウチが突然、「あのときあなたと過ごしたあの夜」みたいな歌詠んだらアレやんか。どう反応してエエかわからんやろ。

**穂村**——そんなこと気にせず、そういうの書けばいいのに（笑）。

**せきしろ**——「ずいずいずっころばし」もこうやって読むとヤらしいんだな。割と。

**西**——せやろ。エロいよな。しかも、こんなんして歌うやん（注：三〜四人が輪になりそれぞれが拳を握り、歌を歌いながら握った隙間に指を出し入れする指遊び）、女の子たちが。ヤらしすぎやない？

**せきしろ**——でも本当はお茶壺道中の歌なんだろ。

**西**——お茶壺道中？

**せきしろ**——将軍に新茶を持って行くためのお茶壺が行列を作って通るんだけど、いろいろめんどくさいからみんな戸をピシャッと閉めて通り過ぎるのをやり過ごす、的な。

**西**——ああ！　せやから「とっぴんしゃん」なんや。

お題其の七十　家族の歌

**目ん玉を失くして泣いた独裁者　ファの音だけがあなたの家族**

西加奈子

**だんだんと夜爪を切らなくなった　靴下穿いて寝なくもなった**

せきしろ

**穂村**——西さんのは解釈が難しいなあ。「ファ」か。「ミ」や「ソ」じゃだめなの？

**西**——一応、ファミリーの「ファ」です。

**穂村**——ファミリーなら「ミ」もあるけど。

**せきしろ**——「リー」もある。

**西**——「リー」なんて音どこにあんねん（笑）。つまり、七つある音階の鍵盤の一個だけはあなたにあげるよ、っていう。「ファ」の音だけ無くしたってCMあったでしょ。「ファ」がないと音楽が成り立たないっていうCMやったけど、ウチがいいたかったんは、めっちゃ孤独な人もいてこその世界なんやで、っていうお得意の風刺短歌です（笑）。

**穂村**——でも意外だなあ。自分の家族ごとを書くかと思ったら、家族一般できたんだね。

**西**——「家族」って言われると、家族がない孤独な人を思い浮かべてしまうんです。そういう人をなぐさめてあげたい、って思うんです。なんか「家族」って単語として怖くない？　さっきの「日本」やないけど、戦争のイメージがある。悲惨なイメージがあるねん。

**せきしろ**――自分の家族は好きやで。西さん、家族が大好きなイメージがあるけどな。

**穂村**――じゃあ家族っていいものなんだね、西さんの中では。

**西**――いいものじゃなきゃアカンっていう、強迫観念があるんです。ていうか、「家族」って子供のころのイメージしかない。

**穂村**――確かに、「家族」というと、僕らが子供だったころの家族のイメージが今もある。今の時代でも無理矢理同じバージョンの家族をやろうとしてるよね。

**西**――そのイメージのままの家族を体現してる友達とか見ると、ウチ、「うわーっ！」てなる。怖い。ホンマはウチも、七人くらい子供を育ててるみたいなのが理想だったりするんやけれど、その情景を思い浮かべたとき、子供にカルシウムを摂《と》られすぎて歯が抜けてるそのお母さんの姿は、でも自分ではないねん。だれか別の人やねん。

**穂村**――それがイヤだったから、こういう方向へきたわけでしょ。自分の可能性を追求したい、と。でもいざそれが叶うと、それでは何か足りないと思う。そういう家族像を求めたり、ボランティア衝動に駆られるっていうのはものすごく逆転してるカンジがあるよね。僕も突然不安になってコンビニの募金箱に募金したりするけれど（笑）。なんか怖いんだよね。

**西**――不穏です。家族は。

**穂村**――せきしろさんのはリアルだよね。親が元気なときはいろいろ不満があったりするけれど、この年になるともう何も言うことはなくなって「ただ元気でいればそれでいい」という考え方にシフトする。夜爪を切ると親の死に目に会えない、という言い伝えがこの背後にあるわけですが、段々親が弱ってきて、それをリアルに感じるんですかね。「靴下穿いて寝なくもなった」というのは、自分が成長をしたということなんですかね?

**せきしろ**――いや、僕の田舎だけかもしれないですけど、そういう言い伝えがあるんですよ。靴下穿いて寝ると親の死に目に会えない、という。

**穂村**――なるほど。でも、これも子供視点ですよね。自分に子供がいなければ、自分は子供でしかないわけですから、しょうがないですけどね。

**西**――そっかあ。ウチらに子供がおったりしたら、全然違う歌になったんかなあ。

**穂村**――それはそうでしょうね。

**西**――昔は爪切ってたん?

**せきしろ**――全然平気だった。でも、最近切れなくなった。突然切れなくなった。夜になると「ああ、ダメだ」って。

**穂村**――この言い伝えが生まれた時代と現代は、人の死に方って全然違ってきてると思うんですよ。昔は自宅で死ぬ人が多かった、それがほとんどだった。僕の記憶でも自宅で死ぬ人は多かった。葬式も自宅で、近所の人がおにぎり作りに手伝いに来て。でも今の東京ではそんなことはない。葬儀場でシステマティックに葬式が行われてる。せきしろさんが暗示している世界が、もはや失われた世界像というか。そんなカンジもしますよね。

**西**——それってさ、花がキレイと感じるのと似てない？　夕焼けがキレイやと素直に思う、とか。

**穂村**——植物が美しく見えるとすごく不安な気持ちになって、自分はもうダメなんじゃないかって思うんだよね。こんなんじゃダメだ、って。過去の自分に対する裏切りなんじゃないだろうか、って。

**一同**——（爆笑）。

お題其の七十一　ダイオウイカ

**あの方が覚悟を決めた瞬間をダイオウイカは知らないでしょう**　**西加奈子**

**もしもだよ　ダイオウイカと戦うなら注意すべきはあのアシ不惑**　**せきしろ**

穂村――では最後の題は「ダイオウイカ」で。
西――なんでダイオウイカなんですか？
穂村――ふたりに詠んでもらうにはぴったりの題じゃないかと思ってね（笑）。ダイオウイカって普段は深海にいて、体長は大きなもので二十メートルくらいあるみたいですね。イメージ的にはクジラと互角に戦えるくらいのヤツ。
西――めっちゃデカいやん！
せきしろ――食べられるのかな？
西――わからんけど、巨大やから、たぶん大味やで（笑）。
穂村――……（ふたりの短歌を読む）あはははは（笑）。ふたりとも最後の最後に面白いのを詠んでくれて。題があってのこの歌だけど、何も無くてこの歌が出てきたら、みん

**西**――短歌界に衝撃が（笑）。

**穂村**――まず西さんのは、我々には遠い存在のダイオウイカを出すことで、世界には無数の「今ここ」があるということをうまく表現していますよね。ダイオウイカは我々の生活や喜怒哀楽や欲望や覚悟などは関知するはずもないんだけれど、でもそのくせ「大王」という名前がついていて、まるで我々の世界の支配者であるかのようでいて。それが「あの方」という言葉とどこかで響いている。「あの方」は人類にとっての決定的な覚悟をされた、と。一方「大王」であるダイオウイカもまた我々の関知し得ない喜怒哀楽や欲望や覚悟を持って深海で生きている、と。

**西**――まさにその通りです！

**穂村**――いい歌です。今日の中でも一、二を争うくらいの良さだと思いますね。

**西**――うれしい。

**穂村**――せきしろさんのもいいですよね。最後の「不惑」がすばらしい。

**せきしろ**――巨大なダイオウイカと戦うハメになったらどうしようかなと。もうすぐ四十になるんですけど（笑）。

**穂村**――そこがせきしろさんたる所以《ゆえん》ですよ（笑）。「もしもだよ」と中学生的熱中度が本気で高まるんだけど、最後に突然カメラを引くように客観視して「不惑」。実にせきしろさんぽい歌だと思いますね。普通、不惑の人はこういう中二的な無駄エネルギーを全部違うところに投入して暮らすことを余儀なくされるわけで。でも、せきしろさんは不惑になってもまだそれを維持し続けている。きっと永遠に維持し続けるんでしょうね（笑）。

**西**――ホンマや。でも、一生懸命維持し続けたところでなあ（笑）。

**せきしろ**――残念ながらなんの役にも立ちません。

**穂村**――今回は傑作が目白押しでしたね。僕はとてもじゃないけどこんなに作れないですよ。題を出しておいてこんなこと言うのもなんですけど（笑）。

**西**――ウチら、どんなところが成長したと思います？

**穂村**――せきしろさんは、自分のスタイルをそのまま短歌のフォルムにきちんと入れられるようになって、よりその独自な世界を深められるようになった。西さんは、基本は「世界を愛している」ことがストレートに出てくる人で、そのストライクゾーンはこのくらいというのが最初は想像出来ていたように思うんですけど、今はもう牽制球ぐらい違うところに投げる愛の表現を獲得していて、それが凄味を増してると思いますね。

**せきしろ**――でも僕はまだまだ指折り数えないと文字数は合わせられないけど。

**西**――せきしろさん、最初は「チャーシューメン」を三文字で数えようとしてたもんな。

**せきしろ**――チャー・シュー・メンかと思ってたから。いまだにその辺がよくわからないままだ。

穂村——自分で説明ができればそれでいいんですよ。でも僕も指折って数えてやりますよ。

西——そうなん？　せきしろさん、良かったなあ（笑）。

せきしろ——これからも指折って数え続けます。

# 短歌クロスエッセイ

お題　モテる

# こういう時泣かない方がモテるのかそれとも逆か5秒で答えてきしろ

西加奈子

運動神経がよかったり、顔が格好良ければ、高校生くらいまでの男子生徒は、大概モテる。それにＤＪやバンドのプラスアルファがあれば完璧だ。その延長で大学時分でもモテるが、それぐらいから少しずつ枝分かれが始まる。映画に詳しい、とか、お洒落な何かを持っている、とか、いわゆる文化系の男性にも、女性は食指を広げてゆく。

そして社会に出た女性たちは、足めっちゃ速いとか、球扱うの得意とか、ベーステクやばいとか、そんな男性に出会ったところで、はぁ？　という態度になる。途端に。頭が良い人とか、将来性がある人とか、学生時分はそんなん言うてへんかったやんけ、というような好みを、言い始めるのだ。

その証拠に、長らく会っていなかった古い友人の結婚式に行くと、結婚相手に驚かされることがままある。美しい友人が、昔ははなも引っ掛けなかったであろうオタクっぽいキャリア男性と、誓いのキッスをしているのだ。お前のファーストキッスの相手はバスケ部のハンサムなあいつやったやないか。なにを「元々人間は中身だって分かってました」、みたいな顔を！　だがその変わり身は見事だ。

一方、女性のモテは一貫している。しごくシンプルだ。可愛い子がモテる。

男性モテ遍歴に照らし合わせると、昨今どんどんパワーアップしているキャリアな女性も、モテてよいはずである。男性が女性のように考え方を変容させてさえいれば、チアリーダー経験や新体操経験がなくても、とにかく可愛いと言われた過去がなくても、現実経済力があり、自立している女性たちは、日の目を見てもいいはずだ。

だがどうやら、女性の経済力や学歴は、男性のようにそのままモテには繋がらないようである。私の友人たちも、「おかしいなぁ」と、首をかしげている。彼女らに共通しているのが、勇気があり、頑張り屋さんで根性半端ない、というところだ。そして顎に太い髭が生えている。犬みたい。

さて、そんなシビアな現実でも、価値観の変遷など関係なしに、モテ続ける人種というのが存在する。例えばそない可愛くなくても、なんでなん、というくらいモテる奴。いわゆる魔性の女、と言われる連中だ。バーでアルバイトをしていたとき、まさにその人種がいた。皆で飲んでいてもどこかぼんやりしていたり、急に席を離れて窓辺で涼んでいたり、気がつけば彼女を気にかける男性は跡を絶たず、それは結論、彼女の「終始の上の空効果」であった。

男性でも女性でも、上の空の人はモテる。これには、キャリアの有無や容姿はそんなに関係ないように思う。目の前にいても、何か別のことを考えていそうな人。大切なことを知っていそうなのに、決してさらけ出さない人。しかもそれを、人の気を惹くためではなく、ナチュラルにやってしまう人である。

ここで、せきしろさんの短歌を読んでみる。

**こういう時泣かない方がモテるのかそれとも逆か5秒で答えて　せきしろ**

初見の感想としては、こんなこと考えてる奴、絶対モテへんやろー、だろうと思う。素人め！　よく考えてみろ！　これは、めっちゃモテる人の短歌である。

詠み手は、こうすればモテるのか、ということを、実はちっとも問題にしていない。目の前に人がいるのに、自分の所作を気にしている、上の空だ。そこに、とどめの「5秒で答えて」で適当さに拍車。一見必死なモテ願望短歌に思えるが、全然そうではない。むしろモテなどには、興味のない人の歌だ。

それは、せきしろさん、という詠み手がモテモテの男性であるから、という事実も加味しているのだけど。ていうか、ほとんどそれなんやけど。とんでもない才能があって、いつも上の空なせきしろさん。私は彼に、度々嫉妬する。

こつこつ努力したって、まっとうに生きたって、こと恋愛という分野では、それらはまったく評価されない。簡単に言うと、報われない。そういう人間をしり目に、せきしろさんのような人たちは、ふわふわと異性を、そして同性をも引き寄せ続ける。凡人がどれほど努力をして、無造作ヘアーを作ってみたり、話術を磨いたりしても、そもそもの能力が違うのだから、ははは、お気の毒だ。ナチュラルなモテ要素がなければ、努力に意味はない。

この原稿を書いている今、前が曇って見えない。これが涙というやつか。犬も泣くのか。人間社会、殊《こと》に恋愛という範疇《はんちゅう》は、とかく生きにくいものである。だが私は頑張って生きようと思う。根性がアダとなる日が来ても、それでも私は生きる。遠くで仲間が吠えている。

# 頑張って目標に近づく努力してないときの方がモテてた 西加奈子

せきしろ

お腹が空いたからご飯を食べに行く。自炊などしたことないから外食しかない。誰もついて来てくれないので一人で行く。

私は店でオーダーするのが苦手である。いや、オーダー自体は苦手ではない。メニューを見てどれにするか悩み続けるタイプではないのでそこはスムーズにいく。店員を待たせたりはしない。では何が苦手なのか。それは店員を呼ぶことに他ならない。

店員を呼ぶ場合、まず「すいません」と大きな声を出さなければならない。私は普段あまり大声を出さない方だ。例えば今「ハンマー投げをしろ」と命令され、しぶしぶやったとしても、投げる時に大声は出さない自信がある。それくらい出さないのだ。よってまずこの「大きな声を出して店員を呼ぶ」が第一の関門となる。呼ばないことには食事は始まらないし、空腹も満たされないのだからやるしかない。何とか第一関門は突破したとしよう。次に控える関門は、せっかく大声を出したのに店員に気付いてもらえないことである。奮起して大声とともにハンマーを投げたのに誰も計測してくれない状態だ。しかも私は、他の客から「あの人、気付いてもらってないよ」と嘲笑を浴びることになる。この状態を打破するにはもう一度間髪いれずに店員を呼ぶのが得策だ。「さっき気付いてもらえなかったことなどなんとも思わないし、まったく平気なんだよ」という雰囲気を醸し出しながら呼ぶのだ。恐ろしいのはそれも気付かれなかった場合である。こうなると、もはや空腹感などは消え去り、「あの人、今度も気付いてもらってないよ」という嘲笑のみが店内に充満する。これは私にとってキリストの受難やブッダの苦行にも匹敵するほどの災いなのである。

このように「大きな声を出して店員を呼ぶ」という行為は、命を削る行為である。まったくもって苦手である。そのため、誰かを伴い店に行くのが最善策だ。私が奢ることになっても構わない。その代わりオーダーをすべてやってくれるのであれば、食事のひとつやふたつ奢ってもいいだろう。しかし同伴者が気軽にオーダーを引き受けてくれなさそうな場合や、「代わりにオーダーして」と頼めるほどの仲や関係性でない場合はどうすればいいのか。簡単だ。自分がオーダーしたいものを早々と伝え、「ちょっとトイレ行ってくる」と席を立つのだ。あとはトイレで時間を潰せば良い。席に戻ってきた頃にはもうオーダーは完了しているのだから。

とにかく今日は一人だ。誰もついて来てくれなかった。自分で何とかしなければならない。店員を呼ぼうと身構えた時、一人の女性店員と目が合い、彼女の方からこちらへと来てくれた。「お決まりですか？」と笑顔で声をかけてくれ、周囲の客の嘲笑を買うこともなくスムーズに事が運んだ。そして特筆すべきことが一つ。その女性店員はかわいかったのである。

私はすぐにオーダーの壁をすんなりと越えさせてくれた優しい女性店員のことが好きになった。この感謝の気持ちと好きだという想いを伝えなければと思い、私はテーブルの端にあったアンケートハガキを手にし、備え付けのボールペンも手にした。これに私の思いのたけをぶつけようと考えたのだ。もちろん彼女が読んでくれることが前提である。アンケートは5段階評価で記入するタイプだった。5が最高の評価で、そこに添えられていた顔のイラストは満面の笑みを浮かべていた。破顔という言葉が適当な笑顔だった。一方、最低評価である1のイラストは激怒していた。中間の3は無表情だった。

私はアンケートに答えていく。

『来店時の従業員の対応は？』

ここはもちろん5だ。彼女の気遣いでオーダーができたのだから5以外考えられない。ただし、彼女に私の気持ちを伝える目的が第一と考えるならここは3にすべきか。3と評価して、「どうして3なのかしら？　何が足りなかったの？」と彼女が思ったところに、「もう少し一緒にいたかったのに対応時間が足りなかったから、そこをマイナスしたのさ」と私が言えば、「えっ……？」と彼女は驚き、トクントクンとなるはずだ。よってここは3だ。

『従業員は笑顔で対応していましたか?』

これも5以外考えられない。彼女の笑顔は戦争さえも止める力がある。だがここで敢えて2をつけてみるのはどうだろう。「なぜ? なぜ2なの? きっと私の笑顔が足りなかったからね……」と落胆した彼女に、私はこう理由を告げるのだ。「笑顔は十分足りていたさ。ただ、僕だけに向けて欲しかったな」。よし、ここは2だ。

『従業員の身だしなみは?』

綺麗な黒髪を一つに束ね、清潔感あふれる身だしなみ。店の制服も決して着崩したりせずきちんと着用している。完璧である。それを十分理解しつつ、私は最低評価である1にする。「私の身だしなみってそんなにひどいのかしら……」と失意に陥った彼女にしてあげるべきはただひとつ。「これが足りないのさ」と指輪を取り出しはめてあげること。1で決定。

『またご来店いただけますか?』

この質問は「はい」か「いいえ」に丸をつけて答えるものだ。私は迷わず「いいえ」を丸で囲む。わざと逆の答えを選択する。「引き」の駆け引きもここで入れておこうというわけだ。彼女はきっと「えっ? 今まで私に気のある素振りの回答だったのに、どうしてもう来てくれないのかしら」と気になってしかたがなくなるだろう。こういった作戦も時には必要だ。

アンケートには自分の連絡先を書く箇所があった。そこは正確に記入した。もちろん、彼女が私に連絡しやすいようにだ。食事を終えた私はアンケートをテーブルの上にさりげなく置き席を立った。レジで対応してくれた彼女は「ありがとうございました」とこれまたかわいい笑顔を返してくれたが、私はそれに対してぶっきらぼうな態度をとった。一度ぶっきらぼうにしておいた方が、のちのち私が優しさを見せた時に良いギャップとなる。いわば「前フリ」だ。

その後彼女からの連絡は一切ない。考えに考え抜いたアンケートであったのだが、思い返せば「対応3」「笑顔2」「身だしなみ1」「もう来ない」の苦情に加えて、去り際のぶっきらぼうな態度。ただの嫌な客である。あれこれ考えて努力した結果がこれだ。

これこそ西加奈子さんの言う、

**頑張って目標に近づく努力してないときの方がモテてた　西加奈子**

ということなのだろう。

だからもう努力はしない。

お題　美人

美しい人が私の本を取り
棚に戻した僅か数秒　せきしろ

西加奈子

世界にはたくさんの男女がいて、その数だけ出逢いがある。中で恋愛関係に発展している出逢いが起こるのは、学校や職場が同じであるなどの環境が一番多いのではないだろうか。初めは何とも思っていなくても、お互いのことをゆっくり知るにつけ、いつの間にか恋に落ちている、という具合である。この出逢い方は安全だ。例えば結婚披露宴で司会者がふたりの馴れ初めを語る際、最もオーソドックスであり、会場の親類も安心する類、出逢い界のA型と見て良いだろう。

また、コンパや紹介など、「出逢うために作った出逢い」がある。O型か。僅かに恥を知らぬ出逢い方ではあるが、「新郎新婦は飲み会で出逢い」や「友人の紹介で出逢ったふたりは意気投合」などというナレーションに、「なっ……何を!?」となる親類はいないはずだ。

次に、街や電車で一目ぼれのうえ、いきなり声をかけるというやつ。さすが出逢い界のB型、豪気だ。これは披露宴会場が少しざわつくだろう。「昨今流行りの草食系なんてどこ吹く風、新郎の猛アタックに心動かされた新婦は」など言っておけば、列席者たちはヤンヤ言うてさらに沸くはずだ。沸いとけ沸いとけ。

さて、私が問題にしたいのは、出逢い界のAB型である。「ある奇跡による出逢い」だ。己が思いもしなかった外的な要因で、はからずも恋に落ちるパターン。

中でも、私が最も憧れ望むのは、図書館で同じ本に手を伸ばし、「あっ……」と頬を赤らめるというやつだ。列席者よ、そんなもん映画やドラマの中だけのことやとお笑いか。笑え、笑え。私は、その出逢いを頑なに信じている。

図書館で同じ本に手を伸ばし「あっ……」てなるやつの他にも、奇跡による出逢いはある。例えば落としたハンカチを拾ってくれた、スキーで暴走しているところを捨て身で止めてくれた、などだ。

だが私は、図書館で同じ本に手を伸ばし「あっ……」てなるやつがいい。めっちゃいい。

ハンカチやスキー暴走は、ハプニング的な要素が強く、だからこそ相手に惹かれてしまうのかもしれないが、その長所であるハプニングこそが、お互いの審美眼を狂わせる可能性を大いに孕《はら》むのだ。旅先で出逢ったときは素敵だと思ったが、帰国した途端凡人に見える、などのように、ハプニングや特殊体験による高揚が、本来僅かしか無かった恋心を、とんでもなく助長させるのである。

結果ふたりは恋に落ちたところで、「え、なんで好きになったんやろ」と驚くほど、共通項のない人だったと気付き、あっさり別れてしまったり、恋を長続きさせるために、着火剤を求め、崖際で話したり、少しだけ部屋のガス栓を緩めてみたり、とにかく新たなハプニングを作ろうとするのだ。

その点、図書館で同じ本に手を伸ばし「あっ……」てなるやつはどうだ。

まず、同じ本を選ぶ、というところで、ふたりの脳みそ間には、大きな共通項がある。どういう本を好むか、家の本棚にどんな本が並んでいるかで、その人となりが分かるものではないか。「どういう気持ちでこの本買うて挙句ドッグイヤー（ページの隅を折ること）までして読んでるのや！」と相手に幻滅したり、「うわその本俺も好き！　めっちゃ好き！」で異常に盛り上がった経験は、誰にもあるだろう。

ああ、図書館で同じ本に手を伸ばし「あっ……」てなるやつ……。

同じ日、同じ時刻、同じ場所、奇跡的な偶然が重なった結果、同じ本を選ぶ、という強烈なダメ押し。AB型の中でも、RHマイナスだ。ドラマ性が際立っている。

やっぱもう血液型に例えるんやめる。うまいこと言おうと思たけど無理です。

さて、私は、その図書館という素晴らしい恋のステージに、関係のありすぎる仕事をしている。

作家だ。すごいやろ。

自分の本が、店頭に、図書館の本棚に、誰かの家の本棚に並んでいるのを目撃したときの幸福、高揚、興奮は、計り知れない。ましてや、自著を手に取った誰かを見たりなどすれば！

覚えているのは、デビュー作だ。渋谷の「ブックファースト」に、当時お付き合いをしていた恋人と一緒に行った際、店頭に並んだ自著を、とても可愛い女の子が手に取り、立ち読みをしているのを見た。興奮した私と恋人は彼女の周りをうろうろし、買うか、買うまいか、と注目していたが、その子のあまりの可愛さに我慢しきれなくなった恋人が、「それ、あの人が書いたんすよ」と声をかけた。その言いようがあまりにデレデレとだらしなかったので、女の子はひるみ、本を棚に戻して逃げるように去った。恋人である私をダシに可愛い子をナンパだ。何してくれてんねん。恋人のTシャツには「WANTED」と書いてあった。よく職質されていた。

とにかく私は、自著を手に取る人を見たい。独身男性であればなお更いい！

作者の目の前で、本を手に取る。

「あっ……、それ、私が書いたんです」

それが出逢いと言わず、何であるというのか。

## 美しい人が私の本を取り棚に戻した僅か数秒　せきしろ

悲しい歌だ。だが、とても甘やかな余韻がある。

この瞬間の、せきしろさんの胸の痛くなるほどの高揚、そしてその後に襲ってくる落胆は、手に取るように分かる。見向きもされないよりは、手に取ってもらえるだけで大変ありがたく、その時点で強引に「僕が書きました」とたたみかければ、立派な出逢いになったかもしれないが、悲しいかな、僅か数秒だ。数秒パラパラやって、美しい人はその場から去ったのである。せきしろさんにとっては、永遠とも思える数秒だったのではないか。

パラパラやってから買うのをやめる人に聞きたい。

何があかんかったん？　その数秒のパラパラで、何が分かったん？

だが、それも出逢いというものだ。本を選ぶのも、出逢いである。表紙や本の佇まいが、何らか彼女らの琴線に触れ、手には取ったものの「数秒パラパラ」で「違う」と思う。人間で言えば、「数秒パラパラ」は初デートみたいなものなのだろうか。

勝負服これなん？　鰻の後にスイカを勧めるけ？　相槌のやり方、ただただだうざい！

この世のどこかに、奇跡のようにぴったりとくる人がいるはずだ。私はその人が、自著を手にしてくれるのを、棚の陰でじっと、待っている。私はA型です。

# 「美人」のほうがしっくりくるで　猫やから「美猫」言わんとあかんけど

西加奈子

せきしろ

二人で夜の住宅街を歩いていた。いつも行くコンビニに飽きて、別のコンビニに行こうということになり、その帰りだった。彼女はお菓子が入ったコンビニの袋を持っていた。

僕はブラウン管テレビを持っていた。テレビはゴミ捨て場にあったもので、僕らの部屋にはテレビがなかったから丁度良いということになり、運ぶことになった。20インチくらいのテレビで、当時の僕らにとっては大きいものだった。映るか映らないかの確認をする術《すべ》はなく、テレビが手に入った喜びで僕らは映るものと判断した。街灯の明かりで見ると汚れや破損もなく、僕らは運ぶことにしたのだ。

彼女は僕の少し前を歩いていた。ずっと同じ体勢でテレビを持っていると、手が疲れてきた。20インチのブラウン管はそれなりの重量があった。これは持ち方を工夫した方が良いと判断し、僕は立ち止まりテレビをアスファルトの地面に置いた。秋の虫の声が響いていた。彼女は僕の足音がしなくなったので振り返った。僕の方まで戻って来て「手伝おうか?」と言った。彼女の力では無理なことは明らかだったので断ると、少し気に障ったのか「大丈夫!」と言った。大丈夫ではないことも明らかだったので、無視してまたテレビを持ち上げようとすると「貸して」と割り込んできた。彼女はテレビを持ち上げようと試みたが案の定数ミリ持ち上がってすぐに地面へと置くことになった。

僕はまたテレビを持ちながら歩いていた。秋でかつ夜の風が吹いていた。じわじわとまた手が疲れてきた。「あの電柱まで」と自分でノルマを決めて歩いた。目標にしていた電柱に到着したならば、今度は「あの捨て看板まで」と歩いた。「次の角まで行ったら休もう」と決め、着くや否やすぐにテレビを地面に置いて休んだ。あまり長い間休んでいると彼女がまた持ちたがるので、そうなる前にまた歩き出した。

相変わらず夜の住宅街を歩いていた。「ここって間取りはどれくらいなんだろうね」と彼女が言った。僕の返事を待たずに彼女は「1LDKくらいかな」と続けた。「1LDKあればいいよね?」と彼女が言うので「ああ」と返事した。彼女の言う「いいよね」は「二人で住むには十分だよね」という意味だった。二人は狭いワンルームで暮らしていた。そこは外観からして綺麗なマンションだった。将来住むならこんな家が良いだとか、歩きながらよくそういった話をした。

彼女は別の建物を指差した。「ここはどうかな?」と言ったマンションは先ほどよりも立派だった。「ここは広いだろうなあ。いつか住めると良いね」と彼女が言った。「もう少ししたら本とか出て、バカ売れして、すぐ住めるよ」と僕は何の確証もないことを言ったのに、「そうだね」とちょっと嬉しそうな顔をされて困った。彼女は楽しげに僕の前を歩いていた。

前を歩く彼女が立ち止まっていた。会話している時は忘れていたテレビの重さをまた感じた。振り返ったわけではなかったからだ。僕を待っているわけではないのはすぐにわかった。彼女は空き地を見ていた。やがて座り始め、何かに話しかけ、手招きしていた。それは猫であることは想像がついた。彼女は道端に猫がいるといつもそうしたからだ。

彼女の傍に着くと、猫が近くまで寄って来ていた。猫は僕の気配に一瞬ビクッとして、それでもすぐに彼女の方を見ていた。人に慣れているようで、彼女が頭を撫でると鳴いた。「偉いねー、よしよし」と彼女は言ってまた撫でた。何が偉いのかはわからなかった。

猫を撫でながらしゃがんでいる彼女は「ねえねえ」と言いながら僕を見上げた。「この子、かわいい顔してるよ。美人さんだね」と言った。

**猫やから「美猫」言わんとあかんけど「美人」のほうがしっくりくるで**

**西加奈子**

猫は猫で、人間ではないために、彼女が猫を美人というのは適当ではない。しかし彼女は猫のことを「この子」とまるで人間のように呼んでいるので、彼女の中では人間も猫も平等な世界が出来上がっているのだろう。そのために「美人」と呼んでも差し支えないと考えられる。などと考えてみたところで僕にはどうでも良いことで、それよりテレビが重くて仕方なかった。家路を急ぎたかったので、彼女を置いて歩き始めた。彼女はしばし猫と話した後、僕の元へと駆けてきた。

いつの間にかまた前を歩く彼女が「この家はどうかな?」と指差した。いつか二人で住む部屋の話はまだ続いていた。今度はラッキーが二つほど重なれば手が届きそうな部屋だった。「ここくらいだったら大丈夫だ」と僕は言った。何がどう大丈夫かなどは相変わらず考えてはいなかった。彼女は「今より広い所に住めると良いよね」と言って「あと、猫が飼えるところがいいな」と笑顔を見せた。「そしたらさ、さっきの美人さんの猫も一緒に来ればいいのにね」と同意を求められ、猫は人ではないために彼女が美人というのは適当ではない、みたいなことを再び考え始めそうになるも、テレビの重さが思考回路を遮断し、あの煙草の自動販売機まで歩こうとノルマを設定した。

十数年の月日が流れた。あの時の確証のない発言はさすが確証がなかっただけあって、僕は相変わらず狭い部屋に住んでいた。

夜の住宅街を一緒に歩いていた彼女はもういなかった。僕があまりにも確証なさ過ぎたためだろう。今でも道を歩いていて猫を見つけると、彼女に電話しそうになってしまうことがある。

あの時のテレビはまだある。もう映らないがまだある。狭い部屋ではかなりの場所をとってしまうものの、上に観葉植物とかを置けるから良い。

お題　運命

こんちわーと調子にのった挨拶が
最期の声になる可能性　せきしろ

西加奈子

**こんちわーと調子にのった挨拶が最期の声になる可能性　せきしろ**

なんて恐ろしい歌だろう。

私は調子に乗ることをとても恐れている。何故なら、過去それで多々失敗したことがあるからだ。

初対面の人にツレロ調でぶつかり完全に嫌がられたり、服で海に入り浅瀬で溺れ死にしかけたり、面白そうと思って友人の携帯電話をチゲ鍋に放り込み、たちまち友人関係がぎくしゃくしたり、主に酒席での失敗が多いようである。

だが、自分の経験より何より、調子に乗ることを決定的に恐れさせた出来事がある。

大阪に住んでいるとき、よく飲むKという友人がいた。同じ年齢の女性であるが、親父ギャグというのか、「ラジャーブラジャー」とか、「おつかレンコン」とか、聞くに堪えないつまらないことを言うのが癖だった。

彼女はいつも、泥酔しながらビアンキのマウンテンバイクにハイヒールという、大胆な様子で帰って行くのだが、ある日も、別れ際、「ばいなら」だか、「ばははーい」だか、とにかくつまらないことを言い、チョケにチョケて漕ぎ始めた。私はその姿を見送ったのだが、友人は漕ぎだして二本目の電信柱に激突、マウンテンバイクもろとも一回転したのである。

危なかった。

まさに、この短歌にある通りのことが、過去私の目の前で起こっていたかもしれないのだ。当時は酔っていたので私も指を差して笑ったが、生きていてくれて良かった。酒席の度にチョケて死んだ友人を思い出し、一生まずい酒を飲むところだった。

彼女のようになってはならない。

だが、気をつけなければと思っても、緊張感を緩和させてしまうのがアルコールの魔法だ。なので、本当に本当に仲の良い友達としか鯨飲《げいいん》しない、飲酒する際食事を摂る、そしてひとりでトイレに行った際、鏡を見ながら「調子乗んなよ、調子乗んなよ」と言い聞かせるようにしている。その効果か、若い頃よりは「酒席の調子乗りから派生する失敗」は、若干避けられるようになったと思う。

そして最近は、酒席でなくても、「調子に乗るなよ」と自分に言い聞かす日々である。

例えば駅の自動改札、スイカでピッとやったところで、絶対に自分はひっかかる。観音開きの扉がばーん！　と閉まって、私の下腹部を強打、「うっ」とかすごい低くて渋い声を出すことになるに決まっている。そう思いながら通る。調子乗って涼しい顔で「ピッ」てやって、不意をつかれるのは嫌なのだ。閉まった扉の前、後ろの人を振り返り、「やれやれ」という風情で肩をすくめるくらいのことはしたい。

飼い主と散歩している、可愛らしい柴犬などが近寄って来た際、可愛いので思わず撫でるが、絶対に咬《か》まれる。急に唸《うな》りだし、歯をむき出しにして私に襲いかかるに決まっている。そう思いながら撫でる。かなり決死のスキンシップだ。でも、「おーよしよし可愛いねぇ」などと言って調子に乗り、急に咬みつかれて「ひいっ」とか言って尻もちつくのは嫌だ。全力で咬まれても、「分かってましたよ」という態度でいたい。

「ほらね、怖くない」

とか言いたい。

犬関係でいえば、犬を飼っている友人の家に行き、特にその犬が雄であった場合は、絶対に股間に顔を突っ込まれることを覚悟する。

昔、ラブラドールレトリバーが店内をうろうろしているという、お洒落すぎる家具屋に行ったことがある。店に入った瞬間「失敗した」と思ったが、慣れたフリをするため、ソファのクッション性を確かめようと屈《かが》んだ私の足の間に、くだんのレトリバーが鼻先を突っ込んできた。背後から。私は「ひぃっ！」と声を上げた。店員さんはお洒落なため、「こーら」「だーめ」などという、緩い叱責しか与えない。私は「あはは」と笑いながら、他客からの「犬にしかわからん匂い発しやがって」という視線に耐えなければならなかった。結局、余裕を見せるためつまらない木製のコースターか何かを購入した覚えがあるが、心の中では号泣していた。

私は生まれて初めて犬を憎んだ。犬鍋食べたろ、と思った。

犬と同レベルの無邪気な悪魔に、「子供」という奴らがいる。

私は彼らを抱くとき、彼らとじゃれるとき、はっきりと緊張している。初めはささやかなじゃれ合いでも、段々興奮してきた「子供」という奴らは本気の殴打をかましてきたり、うっかり下着を見てきたり、「あれーこの女髭生えてるー」などと周囲に大声で宣言したりするのだ。まったく油断ならない。二年ほど前、散々遊んでやった六歳と四歳の兄妹にかぶっていた帽子をもぎとられ、皆が見守る中「ババァ！　取ってみろ！　ババァ！　取ってみろ！」と言われたことを、私は決して忘れない。あのときも、心の中で号泣していた。

犬鍋のような「子供鍋」があれば、私は食べる。食べられる。

挙句「子供」という奴らは、こっちがハラハラするほどすぐに調子に乗る。泥酔し、調子に乗った大人の状態を、日常でやってのけているのである。その結果親に思いもよらぬ強い叱責を受けたり、頼みもせぬのに飛びあがり、どこかに頭をぶつけたりする。そして泣く。

調子乗りから号泣、というテンションの落差を、恥ずかしげもなく見せてくる「子供」という奴。恥ずかしく、恐ろしいが、眩しい。きらきらしている。でも食える。

日常は、うっかり「調子に乗せさせる」罠ばかりだ。

特に私のように、可愛いヒールの靴を履いて歩くだけで、微かにセックス・アンド・ザ・シティを気取ってしまう人間などには。サカリのついた犬が、「子供」という悪魔が、急に閉まる扉が、アルコールが、恥をかかせようと、虎視眈々《こしたんたん》と私を狙っているのだ。

だから私は世界一みすぼらしい、調子に乗らぬ人間です、という顔をして、今日も歩く。

チョケた挨拶後マウンテンバイクで一回転した友人は、カナダ人の大金持ちと結婚した。

めっちゃ強運。

# 手のひらをナイフで切って運命を変える人たち　それも運命

西加奈子

せきしろ

何か詩をあげろと言われたならば、真っ先に頭に浮かび上がってくるのは高村光太郎の作品だ。中でも『ぼろぼろな駝鳥』という詩である。萩原朔太郎の詩も思い浮かぶものの、猫が鳴いて「ここの家の主人は病気です」という部分しか思い出せない。三好達治の雪の詩も、短いものなのにニュアンスしか覚えていない。その点、『ぼろぼろな駝鳥』はよく覚えていた。

初めて見たのは国語の教科書であった気がする。いきなり怒りから始まるのが新鮮だった。「ぼろぼろ」という言葉も「ぢゃないか」という語尾も少年心を摑んだ。ただ内容はストレートでありふれたものであったために思春期になった頃には興味を失っていた。なんだか直球な表現に照れくささを覚えたのだ。もっとひねくれていて斜に構えた方が良いなと、アイドル雑誌の少し猥褻《わいせつ》な体験談と交互に読みながらいつも考えていた。

やがて大人になった私は再び『ぼろぼろな駝鳥』に出合う。久々に読んだ私はそのリズムと力強さに愕然とした。内容への抵抗感もなくなっていた。逆にこういうストレートなものを自分は書けるのかと問い始めていた。

思い立った私は動物園へと向かった。一番近所にある動物園だ。そこは小さな動物園で駝鳥はいなかった。

散策しているとちょっとした小さな森があり、それが金網で囲まれている場所が現れた。『リスの小径』と書かれていた。その中ではリスが放し飼いされているらしい。ニホンリスという種類のリスらしい。リスと触れ合える貴重な場所だ。親に手をひかれて、小さな子供が喜びながら入っていった。それにつられるように私も入口へと近づく。

入口は扉が二重になっていた。『ここは二重ドアです。リスが外に出ないように中のドアが閉まるまでこのドアを開けないでください』と注意書きがあった。外扉と内扉があった。その間の空間にリスがいないことを確認して、私は最初のドアを開けて入った。目の前に今度は内扉が現れ、『ここは二重ドアです。リスが外に出ないように外のドアが閉まるまでこのドアを開けないでください』と書かれていた。背後にある扉はしっかりと閉めた。眼前にリスの姿は見当たらない。私は「いまだ」と扉を引いて開け、中に入った。もちろんリスが出てしまわぬようにすぐに閉めた。こうして私は厳重な入口を慎重に潜《くぐ》り抜けた。

多少の苦労を伴っただけあり、目の前に広がる光景は予想以上だった。多くの木々が植えられている。その間に丸太で作られた簡単な柵で隔てられた小道がある。歩くと両側のいたる所にリスがいた。何かを食べているものや休んでいるものもいれば、勢いよく木を登るもの、その勢いで金網さえも登っていくものもいた。巣箱へと身体を滑りこませているのもいる。目の前を横断するものもいる。歩く私の足元に寄ってくるものもいる。リスが極めて自然に近い形で活動していて、それを間近に見ることができる。リスを追いかけている子供もいれば、生態を写真に収めようとカメラを構える年配の男性もいる。どの人もほほ笑みを浮かべていた。鏡の類で確認したわけではないが、私もそのような表情をしていたことだろう。リスと共存している感覚を明確に得ることができる。

一通りリスを堪能した。親子連れはもういなかった。私もそろそろ外へと出ようとした。出口も入口と同じく扉が二重になっていた。内側の扉を開け、間に空間があり、外へと続く扉がある。私は内扉に手をかけた時、突如不安に襲われた。この扉を開けた瞬間にリスが飛び出して行ったらどうしようと思ったのだ。無論、似たような不安は入口でもあったものの、ここの比ではなかった。入口の場合、リスが出てきたとしても自分の前方から来る。そのためにリスの動きを確認しやすい。一方、出口は全てに背を向けていることになる。リスが外に出る場合は私の背後から来ることになる。入口と違い確認できない。いつ来るか予測不可能なのだ。これは困った。

咄嗟に導き出した対処法は三つあった。

ひとつは素早く開けて素早く閉める方法。それでもリスの機敏さには敵《かな》わないだろう。

ふたつめは後ろ向きで移動する方法だ。ドアを背にして、リスの動きを確認しながら開けるのだ。周囲を鋭い視線で見渡しながら、背中でドアを押し、素早く身体を入れ向こうへと移動する。これは見た目が怪しすぎる。

三つめの方法はリスが通れないほどにしか扉を開けないというのが考えられる。数センチだけ開けるのだ。狭すぎて、逃げ出そうとしたリスは衝突して諦めるだろう。これならリスを外に逃がしてしまう可能性はない。ただリスが通れない隙間は自分も通れない。

私は出られなくなった。最初の扉でリスが出てしまっても、もうひとつ扉があるのだからそこまで思いつめることはないと思う人もいるだろう。だが考えてもらいたい。外扉と内扉に挟まれた一畳もない空間に私とリスだけになるのだ。残す扉はひとつだけ。完全なるリーチ状態。ここでのリスを逃してはいけないプレッシャーは相当なものだ。耐え切れずに心は折れ、自信は崩壊するはずだ。そのため内扉の時点で勝負は決めておきたい。とはいえ術はない。

さっきまで頭上にあった太陽は、もうかなり傾いている。相変わらず私は出られない。死ぬまでこの檻の中にいることになるのか。不安が増大する。焦燥感に襲われる。ふと後ろを振り返る。年配の男性はまだカメラを構えていた。カラスの声が聞こえる。もしかしたらあの年配の男性も出られなくなったのではないかと思えてくる。あの人もリスを逃す不安から扉を開けられず、閉じ込められ、いつしか諦め、ここで写真を撮って暮らす覚悟を決めたのではないかと。

まったくなんという施設なのだ。閉じ込められた。出られなくなった。私はここで一生を終える。一生を棒に振りし男此処に眠るのか？　恐ろしい小径過ぎる。人間よ、もうよせ、こういうの作るのは！

## 手のひらをナイフで切って運命を変える人たちそれも運命　西加奈子

出られなくなったこと、それはそれで運命だ。私は昔のことを思い出す。新学期、真新しい教科書を揃える。その中に国語便覧がある。ぱらぱらとページを捲《めく》ると高村光太郎の彫刻が載っている。蟬の彫刻。彫刻のことなどひとつもわからない私はなぜだか心を奪われた。コピーしてラミネート加工して持ち歩いたほどだった。もしも運命というものがあり、分かれ道が存在するのならば、ラミネート加工した、しないも運命の岐路だったのだろう。ラミネート加工せず缶バッジにしていたなら、運命は変わっていたのかもしれない。そう考えると、手のひらを傷つけてもそれなりに人生は変わる可能性はある気がする。

立ちすくむ私の横を、カメラを持った年配の男性が過ぎていく。男性は扉に手をかける。私はひらめく。この人が開けた扉で外に出れば良いと。その時リスが外に出てしまっても、全ては扉を開けたこの男性のせいだ。私は何も触れてはいないのだから責任は無い。

こうして私は無事に外に出ることができた。他人の手によって運命は切り開かれた。新たな運命を歩き出した私は多くの人に伝えなければいけない。リスはかわいいと。

あの方が覚悟を決めた瞬間を
ダイオウイカは知らないでしょう
西加奈子
もしもだよダイオウイカと戦うなら
注意すべきは あのアシ 不惑
せきしろ
受信 迷信 受信 無視 受信 無視 迷信

# おわりに

はじまり、短歌を作ろうと思うと、五七五七七のリズムが脳内で喧《やかま》しく、「ちょっと待て」「心の鍵を」、なんとなく標語のようになってしまいました。でも、数に捕らわれず、思いついたものを形に納めてゆけばよいと思ってからは、物語を作るような、同時に、同じ文字でも、もっと鋭角な五文字があるはずだ、ここは嘘のない七文字で、などと、文字にかける思いが大きく、大きくて、それは表すことへの姿勢だった。また、人に読まれることで、自分では気付かなかった内面の、動揺や恋心や感動などを目の当たりにして、とても興味深いものでした。何より、せきしろさん（天才です）をはじめ、たくさんの素晴らしい方たちにお会い出来たのが、幸せでした。

幸せでした、は七文字で、ありがとう、は五文字です。

西加奈子

一年半ほど短歌の連載をさせていただいた。それなのに私はまだ「チョコレート」が何文字にカウントされるのか知らない。短歌が嫌いなわけではない。ふと言葉や表現が浮かび、さっそく短歌を作る。良い歌ができたと思うも、あと七文字足りなかったりする。「あと七文字もあるのか！」と驚く。酷い時には十九文字足りなかったりもする。もはや俳句にすら達していない。チョコレートという単語を取り入れたいが、何文字になったのかがわからず終い。作っている時は楽しいものの、できあがったものは短歌とは言えない事態となる。こうなると「自分は短歌に不向きなんだ」と思う。

不向きなのは何も短歌だけではない。

この連載での短歌はマガジンハウスの会議室で作って発表しあうことが多かった。何度も遅刻した。それはマガジンハウスの場所をいまだ覚えていないせいである。連載中何度かはマガジンハウス以外の場所で行われることもあった。この時も遅刻した。どこで行うのか確認せずに家を出てしまうためである。眠くて眠くて仕方なくて、なんとか休む言い訳を考えた時も多々あった。このように、短歌以前に「生活」に不向きなのである。「不向きなどと言うのは努力が足りない」と至極真っ当なことを言ってくる輩は多い。それはそれで良いとして、私は不向きぶりを上手いこと正当化して、仙人的な位置になろうと目論んでいる。今日から髭も伸ばす予定だ。

さてこの本を読んで短歌に興味を持った方にアドバイスするなら、それは私を反面教師にすべき、それだけだ。

せきしろ

本書は『アンアン』（二〇〇九年二月十一日号〜二〇一〇年八月四日号、二〇一〇年九月一日号）に掲載された「西加奈子×せきしろの短歌上等！」をもとに、加筆・修正をし、書き下ろしを加えてまとめたものです。


編集協力　辛島いづみ
装画　及川賢治（100％ORANGE）
装幀　大島依提亜

単行本　二〇一〇年十月　マガジンハウス刊

JASRAC出1415563-401

DTP制作　株式会社光邦

**西加奈子**（にし・かなこ）

1977年テヘラン生まれ、カイロ・大阪育ち。小説家。2004年『あおい』でデビュー。2007年『通天閣』で織田作之助賞受賞、2013年『ふくわらい』で河合隼雄物語賞受賞。主な著書に、『さくら』『きいろいゾウ』『しずく』『ミッキーかしまし』『こうふく みどりの』『こうふく あかの』『窓の魚』『うつくしい人』『きりこについて』『ミッキーたくまし』『炎上する君』『白いしるし』『円卓』『漁港の肉子ちゃん』『地下の鳩』『ふる』『舞台』『サラバ！』などがある。

**せきしろ**

1970年北海道生まれ。文筆家。2006年、初のエッセイ集『去年ルノアールで』を上梓。喫茶店に集う人々を観察しながら妄想を繰り広げる独自の文体が話題を呼ぶ。以後、長編小説や短編小説も発表。主な著書に、『不戦勝』『妄想道』『逡巡』『学校の音を聞くと懐かしくて死にたくなる』、又吉直樹との共著の自由律俳句集『カキフライが無いなら来なかった』『まさかジープで来るとは』、バッファロー吾郎Aとの共著『煩悩短編小説』などがある。

文春文庫

ダイオウイカは知《し》らないでしょう

定価はカバーに
表示してあります

2015年2月10日　第1刷

著　者　西《にし》　加《か》奈《な》子《こ》・せきしろ

発行者　羽鳥好之

発行所　株式会社　文藝春秋

東京都千代田区紀尾井町 3-23　〒102-8008
TEL　03・3265・1211
文藝春秋ホームページ　http://www.bunshun.co.jp

落丁、乱丁本は、お手数ですが小社製作部宛お送り下さい。送料小社負担でお取替致します。

印刷・大日本印刷　製本・加藤製本

Printed in Japan
ISBN978-4-16-790306-0

（　）内は解説者。品切の節はご容赦下さい。

田辺聖子
**主婦の休暇**
エッセイベストセレクション3
ええ女は、明敏にしてちゃらんぽらん!?　主婦の浮気問題、魅力ある男の家庭、世間的つきあいの真髄から原発問題まで、冴え渡るお聖さんの傑作復活エッセイ第三弾！　（島﨑今日子）
た-3-49

俵　万智
**101個目のレモン**
弟が結婚したり、自分はしなかったり、二十一世紀になったり、三冊目の歌集を出したり——著者自身の三十代が詰まった、本や映画や芝居、そして短歌への深い愛情に満ちたエッセイ集。
た-31-4

俵　万智
**百人一酒**
一杯七千円の贅沢なお酒から一品百円の居酒屋まで、コーヒー焼酎に象鼻杯、手品バーに酒を讃《ほ》む歌……。三歳で味を覚え、ついにはお店を手伝うに至った著者の、爽快痛飲エッセイ。
た-31-6

竹内久美子
**遺伝子が解く！　美人の身体《からだ》**
生き物のセックスは情報戦なのだ！　ダルビッシュ有、ぶってぶって姫、阪神タイガース、赤ちゃんポスト、ギャル曽根などを俎上に動物行動学エッセイの新機軸を展開！　（笹　幸恵）
た-33-15

高峰秀子
**にんげんのおへそ**
風のように爽やかな幸田文、ぼけた妻に悩まされる谷川徹三、超変人の木下恵介、黒澤明、そして無名の素晴らしい人たち。柔らかなユーモアと愛情でいきいきと綴る、心温まる交友録。
た-37-6

高峰秀子
**コットンが好き**
飾り棚、手燭、真珠、浴衣、はんこ、腕時計、ダイヤモンド……。これまで共に生きてきた、かけ替えのない道具や小物たちとの思い出を、愛情たっぷりに綴った名エッセイ。待望の復刻版。
た-37-7

谷崎　光
**北京大学てなもんや留学記**
二十一世紀に入り、より一層の発展をとげている中国。夢を抱いて北京大学に留学した著者の日常は、驚きの連続！　近くて遠く、古くて新しい国、中国の今を描く。　（池上　彰）
た-44-3

（　）内は解説者。品切の節はご容赦下さい。

能町みね子
**オカマだけどOLやってます。完全版**
実はまだ、チン子がついてる私の「どきどきスローOLライフ」。オトコ時代のこと、恋愛のお話、OLはじめて物語など、大人気イラストエッセイシリーズの完全版。（宮沢章夫）
の-16-1

能町みね子
**くすぶれ！　モテない系**
容姿は人並み。恋愛経験もゼロじゃない。でも、常にモテないオーラ溢れるモテない系女子を憐れみ、いじくり倒したエッセイ。漫画家・久保ミツロウとの対談「モテない系の生きる道」収録。
の-16-2

能町みね子
**トロピカル性転換ツアー**
『オカマだけどOLやってます。完全版』の後日談。旅行気分で気軽にタイで性転換手術♪の予定が思いもかけない展開に!?　トロピカル感満載の脱力系イラストエッセイ。（内澤旬子）
の-16-3

野村萬斎
**狂言サイボーグ**
狂言におけるカマエとは「隙なく立つこと」――。「胸で見る」極意から演者のもつ「背中」の重要性まで、日本の身体文化の深淵に光をあてた名著。（齋藤　孝）
の-17-1

林　真理子
**オーラの条件**
旬のただ中に生きる人は、不思議な光線を発している……。ITで財をなした青年や変わり者の政治家、「時代の寵児」を作り上げる世の中を鋭く見据える、シリーズ第十九弾。
は-3-31

林　真理子
**いいんだか悪いんだか**
ついにブログを開設、イタリアオペラ旅行に歌舞伎町キャバクラ探訪。時代の空気を丸ごと味わいながら、仕事と遊びに引き続きフル稼働！　週刊文春の人気連載エッセイ、第23弾。
は-3-40

林　真理子
**やんちゃな時代**
海老蔵の挙式とあの事件、コロコロ変わる首相、人気女優が選んだ再婚相手の妖しさ。男たちの激しい毀誉褒貶を尻目に、パワフルに遊び働くマリコの大人気日常エッセイ第24弾！
は-3-41

（　）内は解説者。品切の節はご容赦下さい。

藤原智美
**暴走老人！**
役所の受付で突然怒鳴り始める。コンビニにチェーンソーで脅しをかける。わずかなことで怒りを爆発させる老人たちの姿と、その背後にある社会や生活の激変を考察する。（嵐山光三郎）
ふ-29-1

福岡伸一
**ルリボシカミキリの青**
福岡ハカセができるまで
花粉症は「非寛容」、コラーゲンは「気のせい食品」？　生物学者・福岡ハカセが最先端の生命科学から教育論まで明晰、軽妙に語る。意外な気づきが満載のエッセイ集。（阿川佐和子）
ふ-33-1

藤原美子
**夫の悪夢**
藤原正彦教授の夫人が綴る家族の記録。ユニークすぎる夫の実像、義父母である新田次郎・藤原てい夫妻の思い出、息子三人の子育て奮闘記など、抱腹絶倒のエッセイ集。（川上弘美）
ふ-34-1

星野博美
**のりたまと煙突**
すべてを忘れて、私たちは幸せに近づいたのだろうか……。ファミレスで、近所の公園で、さりげない日常から生と死、そして忘れえぬ過去の記憶を見すえるエッセイ集。（角田光代）
ほ-11-4

穂村　弘
**にょっ記**
俗世間をイノセントに旅する歌人・穂村弘が形而下から形而上まで言葉を往還させせつつ綴った『現実日記』。フジモトマサルのひとこまマンガ、長嶋有・名久井直子の「偽ょっ記」収録。
ほ-13-1

穂村　弘
**にょにょっ記**
奈良の鹿を見習って、他の県でも一種類ずつ動物を放し飼いにしたらどうだろう？　歌人・穂村弘の不思議でファニーな世界へようこそ。フジモトマサルのイラストも満載。（西　加奈子）
ほ-13-2

星野　源
**そして生活はつづく**
どんな人でも、死なないかぎり、生活はつづくのだ。ならば、つまらない日常をおもしろがろう！　音楽家で俳優の星野源、初めてのエッセイ集。俳優・きたろうとの特別対談を収録。
ほ-17-1

松尾スズキ
## ぬるーい地獄の歩き方
辛いのに公然とは辛がれない、それが「ぬるーい地獄」。失恋、若ハゲ、いじめ、痔……ヌルジゴ案内人・松尾スズキがお送りする、切なくて哀しくて失礼だけどおもしろい平成地獄めぐり。

ま-17-1

松尾スズキ
## ギリギリデイズ
今日も今日とて舞台に上がり、原稿書いたらネコを愛で、酒を飲んでは痔の痛みに耐える……。鬼才・松尾の暴れ牛のような喧騒と、子リスのように可憐な反省の日々の記録。（水野美紀）
ま-17-2

松任谷正隆
## 僕の散財日記
ナイキのシューズ、エルメスのハンドタオルetc.……衝動買いから、こだわりの車選び、そして記念日の贈り物まで、中年男子の生活と考察が赤裸々に描かれた好エッセイ集。（小山薫堂）
ま-22-1

万城目《まきめ》　学
## ザ・万歩計
大阪で阿呆の薫陶を受け、作家を目指して東京へ。『鴨川ホルモー』で無職を脱するも、滑舌最悪のラジオに執筆を阻まれ、謎の名曲を夢想したりの作家生活。思わず吹き出す奇才のエッセイ。

ま-24-1

松村賢治
## 旧暦と暮らす
スローライフの知恵ごよみ
「桃の節句に桃が咲いてない？」「お正月はまだ冬なのになぜ新春？」日本人が昔から知っていた、月の満ち欠け、太陽の動き……「旧暦」を今の暮らしに取り入れる格好のガイドブック。
ま-25-1

松本幸四郎・松　たか子
## 父と娘の往復書簡
二年間にわたって交わした往復書簡で、父は若き日を語り、娘は両親への想いを素直に伝える。舞台人として綴った互いの演劇論も魅力。読む者の胸に迫る、清冽で真摯な24通の手紙。

ま-26-1

宮城まり子
## 淳之介さんのこと
一日も逢わずにいられない——それがはじまりだった。それから三十七年にわたって、いちばん近くで作家・吉行淳之介を見つめてきた著者が、想い起こすままにつづるふたりだけの生活。
み-26-1